まんかいのさくらがみれてうれしいな

被災地からの一句

黛まどか編

basilico

✴編者に届いた一通の手紙

震災当日を、私は勤務先の高校で迎えました。海に面した丘の上に建つ高校です。学校の建つ丘の下に一軒家を借り、主人と二人で暮らし始めました。その日は二日前に高校入試を終え、午前授業後の部活動中でした。生徒と校庭に避難後、ワンセグの画面には今まで見たことのない「大津波警報」の文字。主人の勤務する学校は海から一キロほど離れていましたが、指導している陸上部のグランドは海に面しています。家は、家族は……。頭が真っ白でした。

三十分ほど経ち、校舎の屋上から町を眺めていた先生が戻ってきて言いました。

「おめんち流されたぞ（おまえの家は流された）」

学校は市指定の避難所ではなかったのですが、校庭には濡れた大勢の住民の方が避難してきました。携帯も圏外になりました。この丘は陸の孤島となっていました。夕暮れとともに雪が舞い始め、そのまま体育館を避難所として開放しました。

家族を捜しに避難所を覗《のぞ》いては帰る人、次から次へと運ばれてくる血だらけの怪我人。さながら野戦病院の様相でした。避難してきた方が持ってきたラジオから流れるのは、宮古だけではなく北海道から千葉まで広範囲での津波、数百単位で次々と見つかる遺体、火に覆われた街、羅列される「○○地区壊滅」の言葉……。生徒も含め私たち三百名を超える避難者は、皆自分の家族や自宅の安否がわからず、自分たちが生きていることも大切な人に知らせることができないまま一夜を過ごしました。

私たちはそのまま八日間避難所運営に携わることとなりました。届かない食糧、仮眠を取りながらの夜警、部活動をしていなかった生徒やその家族の安否確認。絶望的な状況で、自分のことは全く考えることは出来ませんでした。

三日後、主人と逢え、借家も床上浸水で済んだことがわかりました。主人の勤務する高校は水没し、主人はとにかく校舎の泥出しをする日々でした。水没した自家用車とローン、これからの住み処等、二人で考えなければならないことはたくさんあるのに、自分たちのことは後回しにしていました。

震災当夜、何も考えられない状況の中で、私は俳句を作っていました。それからずっと、自分を支えるために俳句を紡いできました。

明日からまたゆっくり歩き続けます。生徒と、家族と、宮古の皆さんと。まどか先生、俳縁ある皆様への感謝を生きる支えとして。

被 災 者 と 呼 ば る る ま ま に 秋 白 し

小池美智子

凡例

一、本書に収録の俳句は、黛まどかのメールマガジン「俳句でエール！～東日本大震災に寄せて～」（以下メルマガ）の呼び掛けに応じて寄稿のあった作品や、俳句結社誌・同人誌等に発表された被災地の作品から、編者が選句したものを四季別に分け、配列したものです。

一、書籍化にあたり、作者本人の句にまつわるエピソードについて加筆しました。また、年齢・住所は、おおむね作句時のものです。

一、作品の表記は作者の創意のままとし、ふり仮名は現代仮名遣いに統一しました。

一、季語の解説は、黛まどか著『その瞬間――創作の現場 ひらめきの時』（角川学芸出版）と角川春樹編『現代俳句歳時記』（角川春樹事務所）を参照し、できるだけ易しい記述を心がけました。また、煩雑にならない限り季語に相当する言葉は「 」で示しました。

一、四季の俳句作品の間に掲載した「被災地へ」は、編者がメルマガのために書き下ろしました。また、「東北歌枕をめぐる旅」は編者によるエッセイで、「嗜み」二〇一一年秋号（文藝春秋）初出です。

まんかいの
さくらがみれて
うれしいな
被災地からの一句

✴目次

写真　南浦　護（対談）
デザイン　井原靖章

春の俳句

吉野宏子
よしの・ひろこ（38歳／福島県浪江町）

春《はる》寒《さむ》や家《いえ》も車《くるま》も流《なが》されて

一瞬のうちに、家や車、大事なもの、一カ月前に買ったばかりのピアノまで、津波に流されました。でも、家族の生命は助かりました。現在、山形に住んでいます。

——季語／春寒・季節／春

【春寒】立春を過ぎてから訪れる寒さのこと。冬の寒さがまだ残っている「余寒」ほど、厳しい寒さではなく、春のほうに重きがある。

地震、津波、放射能。心身ともにくたくたでした。そんな時、避難先のテレビに故郷が映りました。波にすべてを持ち去られ、瓦礫《がれき》の山。故郷がないのは淋しいです。

——季語／春の波・季節／春

【春の波】海や河川、湖沼にたつ波のこと。「春の潮」「春濤（しゅんとう）」など。沖合でたゆたう浪も、浜辺に寄せる波も、磯に砕ける濤も、春には春の表情がある。

春《はる》津《つ》波《なみ》去《さ》りし我《わが》が村《むら》呑《の》まれゆく

佐藤邦子

さとう・くにこ（79歳／福島県南相馬市）

服部奈美
はっとり・なみ（64歳／宮城県塩竈市）

停《てい》電《でん》の厨《くりや》に一《ひと》人《り》朧《おぼろ》月《づき》

三月十一日の夜、津波に襲われた町はライフラインが止まり、泥と無音の闇でした。余震の不安の中、灯油ストーブでご飯を炊こうと台所に立つと、朧月が出ていて心が柔らかくなりました。（俳句は「小熊座」二〇一一年七月号に掲載）

――季語／朧月・季節／春

【朧月】おぼろにかすんだ春の月のこと。朦朧（もうろう）として柔らかい感じに見える。

友人は酪農家。放射能の村に残るも地獄、村を出るのも地獄です。

原発《げんぱつ》忌《き》この牛《うし》置《お》いて逃《に》げられず

西内正浩

にしうち・まさひろ（64歳／福島県南相馬市）

――季語／原発忌・季節／春

【原発忌】三月十二日。二〇一一年三月十一日に発生した東日本大震災により、福島第一原子力発電所1号機と3号機が相次いで水素爆発を起こし大破。放射能汚染など災害規模は史上最悪と言われる。この悲しい事実を忘れないために地元俳人が中心となって季語として提唱している。

高橋惣之助
たかはし・そうのすけ（87歳／福島県南相馬市）

花《はな》も見《み》ず逝《ゆ》く人《ひと》あまた大津《おおつ》波《なみ》

家内の末妹六十三歳、夫六十七歳、夫婦共々相馬原釜の大津波で流されました。これからの人生、残念です。

――季語／花・季節／春

【花】日本の詩歌は伝統的に、花といえば桜の花をいい、俳句においても花といえば桜の花を示す。いつのころからか桜の花が、花の中の花を表すようになって定着した。

にわかに避難することになり、長男の住む仙台に移りましたが、不安な日々を過ごしておりました。路傍のたんぽぽに癒《いや》され励まされました。

――季語／たんぽぽ・季節／春

【たんぽぽ】キク科の多年草。茎のいただきに黄色い花をつける。野原や道のいたるところに見られる。古名は「藤菜（ふじな）」。ただ、在来種は西洋タンポポに勢力をほぼ譲っている。花のあと絮を吹いて飛ばす。

放《ほう》射《しゃ》能《のう》逃《のが》れ来《き》し地《ち》よたんぽぽ黄《き》

志賀厚子

しが・あつこ（78歳／福島県南相馬市）

寺島勅

てらしま・ただし（86歳／福島県新地町）

春《はる》の夢《ゆめ》さめよ現《げん》世《せ》の津《つ》波《なみ》跡《あと》

有史以来未曾有《みぞう》の大震災には、自然の猛威と人智の無力に加え、政官業界の無能力ぶりを思い知らされることとなりました。人生のすべてを失った庶民の慟哭《どうこく》は誰が癒《いや》すのでしょう。

――季語／春の夢・季節／春

【春の夢】古くから、はかないことのたとえにも使われるが、俳句では、眠っている最中に見る夢のことを指す。春、快い眠りの中でみる夢は、つややかな甘いものを思いがちである。

家で通夜の準備を終えた時、納棺した人はそのままにして避難する様にとの事。生涯忘れません。訴えたいです。この様な事が二度とない様に！

——季語／原発忌・季節／春

【原発忌】三月十二日。二〇一一年三月十一日に発生した東日本大震災により、福島第一原子力発電所1号機と3号機が相次いで水素爆発を起こし大破。放射能汚染など災害規模は史上最悪と言われる。この悲しい事実を忘れないためにと地元俳人が中心となって季語として提唱している。

棺《ひつぎ》の人《ひと》置《お》いて逃《に》げよと原《げん》発《ぱっ》忌《き》

山﨑カツ子

やまざき・かつこ（68歳／福島県南相馬市）

荒二三子

あら・ふみこ（91歳／福島県飯舘村）

春《はる》寒《さむ》や卒《そつ》寿《じゅ》の避《ひ》難《なん》つらかりし

福島・羽田・伊丹と飛行機に乗り、明石の孫の所に避難しました。

——季語／春寒・季節／春

【春寒】立春を過ぎてから訪れる寒さのこと。冬の寒さがまだ残っている「余寒」ほど、厳しい寒さではなく、春のほうに重きがある。

震災後、墓参りをしたくとも、先祖の墓はもうないのです。

――季語／涅槃西風・季節／春

【涅槃西風】陰暦二月十五日、すなわち釈尊（しゃくそん）入滅の日に吹く西風、またその前後七日間ほどを吹き続ける西風をいう。浄土を意味する西方から現世へと吹く風で、この風がやむと春になる。

墓《はか》までも津《つ》波《なみ》にのまれ涅《ね》槃《はん》西《に》風《し》

高倉紀子

たかくら・みちこ（67歳／福島県南相馬市）

田原洋子

たはら・ようこ（61歳／福島県南相馬市）

避《ひ》難《なん》所《じょ》へ抜《ぬ》ける近《ちか》道《みち》花《はな》万《ばん》朶《だ》

今頃ふるさとの桜はさぞきれいだろうと、感無量です。

――季語／花・季節／春

【花】日本の詩歌は伝統的に、花といえば桜の花をいい、俳句においても花といえば桜の花を示す。いつのころからか桜の花が、花の中の花を表すようになって定着した。

原《げん》発《ぱつ》忌《き》着《き》の身《み》着《き》のまま実《じっ》家《か》まで

宮木美英子

みやき・みえこ（63歳／福島県南相馬市）

原発より少しでも遠くにと、子や孫と共に実家の飯舘村に避難しましたが、その後計画的避難区域に。結局金沢に避難することになりました。

——季語／原発忌・季節／春

【原発忌】三月十二日。二〇一一年三月十一日に発生した東日本大震災により、福島第一原子力発電所1号機と3号機が相次いで水素爆発を起こし大破。放射能汚染など災害規模は史上最悪と言われる。この悲しい事実を忘れないためにと地元俳人が中心となって季語として提唱している。

荒 コフ

あら・こう（81歳／福島県飯舘村）

原発忌《げんぱつき》追《お》はるるやうに村《むら》を出《い》づ

三月十八日夜、避難。春とは名のみ、寒い夜でした。何台もの自衛隊の車とすれ違い、不気味な思いをしました。

——季語／原発忌・季節／春

【原発忌】三月十二日。二〇一一年三月十一日に発生した東日本大震災により、福島第一原子力発電所1号機と3号機が相次いで水素爆発を起こし大破。放射能汚染など災害規模は史上最悪と言われる。この悲しい事実を忘れないためにと地元俳人が中心となって季語として提唱している。

南相馬市鹿島区にあり、度々吟行に行った「桜平《さくらだ》山《やま》」という花見の名所が瓦礫置場になってしまいました。とてもやり切れない思いです。

――季語／花・季節／春

【花】日本の詩歌は伝統的に、花といえば桜の花をいい、俳句においても花といえば桜の花を示す。いつのころからか桜の花が、花の中の花を表すようになって定着した。

震《しん》災《さい》の瓦《が》礫《れき》積《つ》まれし花《はな》の山《やま》

海老原由香

えびはら・ゆか（44歳／福島県南相馬市）

避難《ひなん》せし日永《ひなが》の宿《やど》に孫《まご》の歌《うた》

横田鬼一
よこた・きいち（83歳／福島県川内村）

避難してしばらくしたある日、孫娘が昼食の支度をしながら歌を口ずさみました。なんとなく、気持ちがやすらぎました。

――季語／日永・季節／春
【日永】日の短い冬のあとなので、春はことのほか「日永」を実感する。夏は「短夜」、秋は「夜長」、冬は「短日」。

亡くなったお母さんの夢を見ていたそうです。春の雨に重ねるように、涙を流しながら子どもが眠っていました。

——季語／春時雨・季節／春

【春時雨】たちまちに降り、たちまちに晴れ、また降ってくる春の雨のこと。

春《はる》時《し》雨《ぐれ》に重《かさ》ねし眠《ねむ》る母《はは》の夢《ゆめ》

和田山寅夫

わだやま・とらお（80歳／福島県新地町）

紺野とも子

こんの・ともこ（74歳／栃木県那須塩原市）

鳥《とり》どちも右《う》往《おう》左《さ》往《おう》や春《はる》の地《な》震《い》

東京の句会に出席中に被災、会場を出された時、上空を鳥が旋回していました。この大地震に、まるで鳥も人間と同じく右往左往しているようです。那須の自宅にはいつ帰れるのでしょう。

——季語／春・季節／春

【春】立春（二月四日ころ）から立夏（五月六日ころ）の前日までを春とする。初春・仲春・晩春を「三春」という。

震災から一年が過ぎました。手さぐりの一年でしたが、自然は時折、足を止めさせてくれます。見渡す限り雪だった岩泉にも春が訪れます。前を見てゆきます。

――季語／山桜・季節／春

【山桜】山地に自生する桜で、若葉と一緒に咲く。白色一重の花。古くから日本の文人、武人に愛吟されている。

黙《もく》禱《とう》に鎮《しず》もるがれき山《やま》桜《ざくら》

箱石旦

はこいし・あき（78歳／岩手県岩泉町）

命《いのち》ある今《いま》確《たし》かめて花《はな》の下《した》

髙野裕子
たかの・ひろこ（62歳／福島県南相馬市）

地震・津波・原発事故と次々いろんな事が起こり、町からも人の姿が消えてしまいました。そんな中、桜の花が満開にきれいに咲いていました。生かされたんだと思いました。

——季語／花・季節／春

【花】日本の詩歌は伝統的に、花といえば桜の花をいい、俳句においても花といえば桜の花を示す。いつのころからか桜の花が、花の中の花を表すようになって定着した。

瓦《が》礫《れき》のみ残《のこ》るふるさと山《やま》笑《わら》ふ

齋藤溪水
さいとう・けいすい（77歳／宮城県山元町）

海岸から五キロの我が家にも一メートルの津波が襲来し、国道6号線以東の約二キロの田は瓦礫の山でした。しかし畦畔《けいはん》が青み、山は桜が咲いて、「山笑ふ」に癒されました。（俳句は「ホトトギス」二〇一一年九月号に掲載）

——季語／山笑ふ・季節／春
【山笑う】春になり、山の木々が芽吹き、花も咲き始め、山全体が生気に満ちたようになってくること。

小池美智子

こいけ・みちこ（41歳／岩手県宮古市）

泥《どろ》掻《か》いて泥《どろ》掻《か》きだして春《はる》夕《ゆ》焼《やけ》

床上浸水した家に辿り着くまでは大量の瓦礫。繰り返す余震の中、ひたすら泥を掻き出して一日を終えました。明るいうちに避難所に戻ろうと見上げた空は、震災前と変わらぬ美しい夕焼でした。

——季語／春夕焼・季節／春

【春夕焼】「秋夕焼」の淋しさや「冬夕焼」の厳しさとは異質な、人によっては夢や希望をもたせてくれる春の夕焼。単に「夕焼」といえば夏の季語。

海の方から蠢《うごめ》くように這《は》うように地中を伝わって来て、ベッドを通し背中に感じた時、ガタガタと余震となるのです。その不気味さは戦災の比ではなく天災の怖さを思い知らされました。（俳句は「小熊座」二〇一一年八月号に掲載）

――季語／春の闇・季節／春

【春の闇】春の月のない、暗い夜のこと。ほんのり春の温（ぬく）みと匂いが感じられる夜の闇。

這《は》ふやうに余《よ》震《しん》また来《く》る春《はる》の闇《やみ》

岡田明子

おかだ・あきこ（78歳／宮城県多賀城市）

燕《つばめ》来《き》て静《しず》かな村《むら》のにぎわひぬ

八重樫栄子

やえがし・えいこ（80歳／岩手県岩泉町）

自然を友として遊び育つ子が村にはいっぱいいましたが、若者が仕事を求めて都会に出るようになり、次第に淋しい村となりました。時を違《たが》わず訪れる燕に大いなる喜びを感じ、その営みに励みをもらい詠みました。

――季語／燕来る・季節／春

【燕来る】三、四月ころに燕は南方から渡来して、家の軒や梁などに営巣する。燕尾（えんび）状に割れた長い尾が特徴。

原発事故の起きた朝、郡山に避難し、さらに十三時間かけて郡山から横浜・鶴見の娘の家に向かいました。途中、車の中でパンひときれを口にして……。

——季語／原発忌・季節／春

【原発忌】三月十二日。二〇一一年三月十一日に発生した東日本大震災により、福島第一原子力発電所1号機と3号機が相次いで水素爆発を起こし大破。放射能汚染など災害規模は史上最悪と言われる。この悲しい事実を忘れないためにと地元俳人が中心となって季語として提唱している。

原《げん》発《ぱつ》忌《き》パンひときれに腹《はら》満《み》たす

宮本みさ子

みやもと・みさこ（68歳／福島県南相馬市）

長谷部るり子

はせべ・るりこ（61歳／福島県南相馬市）

花《はな》のトンネル後《あと》にし次《つぎ》の避難所《ひなんじょ》へ

避難所からやっとアパートに移り住んだ時の句です。希望と不安が入り交じっていた頃でした。

――季語／花・季節／春

【花】日本の詩歌は伝統的に、花といえば桜の花をいい、俳句においても花といえば桜の花を示す。いつのころからか桜の花が、花の中の花を表すようになって定着した。

何もかもそのままに避難。体育館の隅に家族五人重なるように過ごしました。日々がんばる心の中に芽吹き始めた古里が恋しくて恋しくて。

――季語／春・季節／春

【春】立春（二月四日ころ）から立夏（五月六日ころ）の前日までを春とする。初春・仲春・晩春を「三春」という。

置《お》いて来《き》し春《はる》のふる里《さと》恋《こ》ふばかり

高橋愛子
たかはし・あいこ（83歳／福島県南相馬市）

高野ムツオ
たかの・むつお（64歳／宮城県多賀城市）

仰向《あおむけ》の船底《せんてい》に花散《はなち》り止《や》まず

——季語／花散る・季節／春

【花散る】桜の花の命は短い。その花の散る様を「落花」「飛花」「花吹雪」などと言って愛惜の情を表す。

津波後の小さな漁港のどこにでも見られた光景です。以前にはあり得ない、やすらぎとは全く異なる悲惨な姿です。それでも次々降りしきる花びらは限りない慰藉《いしゃ》をもたらしました。（俳句は「小熊座」二〇一一年七月号に掲載）

会津若松市、松本市と点々と移動しながら生活しています。娘親子が原発を心配しているので落ち着きません。いつ鹿島に戻れるかわかりませんが、いつの日か句会に参加出来るようがんばります。

――季語／原発忌・季節／春

【原発忌】三月十二日。二〇一一年三月十一日に発生した東日本大震災により、福島第一原子力発電所1号機と3号機が相次いで水素爆発を起こし大破。放射能汚染など災害規模は史上最悪と言われる。この悲しい事実を忘れないためにと地元俳人が中心となって季語として提唱している。

原《げん》発《ぱつ》忌《き》八《はっ》百《ぴゃく》キロを避《ひ》難《なん》して

吉田洋子

よしだ・ようこ（68歳／福島県南相馬市）

阿部竜成

あべ・りゅうせい（11歳／岩手県山田町）

まんかいのさくらがみれてうれしいな

織笠《おりかさ》はガレキが多い中、コミセン（コミュニティーセンター）に小さいけれどさくらが咲いていました。まんかいでした。それを見て句をかきました。

――季語／桜・季節／春

【桜】日本では花と言えば桜の花を指すのが一般的。朝桜や夕桜、夜桜も、その風趣をこよなく愛されている。

港町の中程に位置する寺の裏山一帯はまさに墓。ご先祖の多くが遥か湾口より迫り来る津波をただ眺め、悲嘆にくれているように思えてなりませんでした。桜は散り終えていました。（俳句は「小熊座」二〇一一年七月号に掲載）

——季語／花過ぎ・季節／春

【花過ぎ】桜の花の咲いていた時分が過ぎたころのこと。九州・沖縄から北海道まで、三月中旬から五月半ばに「花時（はなどき）」「花過ぎ」を迎える。

花《はな》過《す》ぎの町《まち》一《ひと》山《やま》に墓《はか》あふれ

千葉ぐんじ

ちば・ぐんじ（74歳／宮城県塩竈市）

荒和子

あら・かずこ（63歳／福島県南相馬市）

被《ひ》災《さい》地《ち》の商《しょう》店《てん》街《がい》や燕《つばめ》来《く》る

復興を願う町にツバメがやって来て、励ましているように思いました。

――季語／燕来る・季節／春

【燕来る】三、四月ころに燕は南方から渡来して、家の軒や梁などに営巣する。燕尾（えんび）状に割れた長い尾が特徴。

春遅い東北とはいえ、いつもなら桜の開花が待ち遠しく新学年への期待もふくらむ時なのに、小雪舞う三月十一日、還らぬ人となってしまった児への親心に寄り添いました。（俳句は「小熊座」二〇一一年七月号に掲載）

——季語／桜散る・季節／春

【桜散る】桜の花の命は短い。その花の散る様を「落花」「飛花」「花吹雪」などと言って愛惜の情を表す。

桜《さくら》咲《さ》き散《ち》り過《す》ぎ行《い》きて還《かえ》らぬ児《こ》

吉田啓子

よしだ・けいこ（70歳／宮城県柴田町）

斎藤和子
さいとう・かずこ（82歳／宮城県仙台市）

身《み》の内《うち》に余《よ》震《しん》棲《す》みつき春《はる》深《ふか》し

——季語／春深し・季節／春
【春深し】桜が散り始め、残花とともに新芽が萌え出るころの感じをいう。春の盛りを過ぎたころを指す。

当初、間断ない余震に怯《おび》え動揺しましたが、不安ゆえ身の内に余震を定着させてしまいました。このことに気付いた時、平常心を取り戻し前に進むことができました。（俳句は「駒草」二〇一一年八月号に掲載）

孫の子守によく遊園地に行って、ブランコ遊びをしたものでした。それが今度の未曾有《みぞう》の災害に遭い、遊園地の場所すら分からなくなってしまいました。只、悲しい限りでした。

――季語／ぶらんこ・季節／春

【ぶらんこ】中国の節句「寒食の日」（冬至から一〇五日目の日）の景物の一つに、ぶらんこ乗りがあったことから、春の季語として意識されるようになった。「ふらここ」「鞦韆（しゅうせん）」ともいう。

ブランコの揺《ゆ》れも消《き》え果《は》て遊園地《ゆうえんち》

古山シツエ

ふるやま・しつえ（74歳／岩手県野田村）

諏訪ケサヨ

すわ・けさよ（83歳／福島県飯舘村）

蠟燭《ろうそく》を囲《かこ》みて夕餉《ゆうげ》原発《げんぱつ》忌《き》

停電の中、ろうそくを立てて、子や孫、曾孫と一所に夕食をたべました。少しずつ分け合って……。

――季語／原発忌・季節／春

【原発忌】三月十二日。二〇一一年三月十一日に発生した東日本大震災により、福島第一原子力発電所1号機と3号機が相次いで水素爆発を起こし大破。放射能汚染など災害規模は史上最悪と言われる。この悲しい事実を忘れないためにと地元俳人が中心となって季語として提唱している。

五月初旬の石巻。国道から畝《うね》のように大きく掘られた穴が見えました。或る所から土が均《なら》され、棒切れと供華が見えました。その時この光景が土葬の仮埋葬地とわかりました。（俳句は「駒草」二〇一一年八月号に掲載）

——季語／遅日・季節／春

【遅日】日が長くなるとともに、日の暮れが遅くなることをいう。遅くなるほどに、春の到来を実感する。

果《は》てしなき土《ど》葬《そう》墓《ぼ》地《ち》群《ぐん》遅《ち》日《じつ》かな

松本眞澄

まつもと・ますみ（61歳／宮城県仙台市）

つばくらめ傷《いた》みし家《いえ》を忘《わす》れずに

小出敏江
こいで・としえ（75歳／福島県南相馬市）

知り合いの家ですが、地震で大分壊れたものの、また つばめがきてくれました。

——季語／つばくらめ・季節／春
【つばくらめ】三、四月ころに燕は南方から渡来して、家の軒や梁などに営巣する。和名は「つばくらめ」「つばくろ」。

四月の半ば過ぎ、福島県の飯舘村をはじめ、相馬市、新地町、宮城県石巻市、岩手県野田村、岩泉町、山田町と被災地を訪ねてきました。

東北はちょうど花どきを迎えていました。明らかに津波をかぶった海辺の桜が見事に花を咲かせ、自然の美しさと恐ろしさの両面を一度に見た気がしました。

岩手県山田町は、津波の後火災に遭いました。真っ黒に焼けた瓦礫《がれき》を左右に、町中の道を進むと、潮の香りに混じって焦げた臭いがしました。

山田町では五カ所の避難所を訪ねましたが、そのうちの一つでは、ボランティア・スタッフの方が「俳句の黛さんが来たよ」と告げると、何人かの子供たちと、俳句や短歌を嗜《たしな》んでいらっしゃるお年寄りが集まってきてくれました。そして私が持参した短冊に、その場で俳句を書いてくれたのです。桜や水仙など、花を詠んだ句が多かったのが印象的でした。

おそらく間一髪で命をつないだ被災者の方には、瓦礫の中から咲き出《い》でた花が、殊の外美しくまたいとおしく思えたことでしょう。

まんかいのさくらがみれてうれしいな　　阿部竜成

「桜が咲いてよかったね」と私が言うと、小学生の男の子は「うん！」と、弾けるような笑顔を見せてくれました。

＊

私が被災地を訪ねた四月半ばは新幹線がまだ一部しか開通していなかったため、宮城に住む友人に車を出してもらいました。彼はパリで十年間パティシエとして修業を積んだ人です。この春ふるさとの宮城でパティスリーを開くため帰国した矢先に被災しました。彼は徹夜で六五〇〇個のマドレーヌを焼いてきました。

高速道路は辛うじて復旧していましたが、まだ所々波打っているような状態でした。途中行き交ったのは、自衛隊の車やパトカー、トラックなどが多く、自家用車が圧倒的に少なかったのが印象的でした。また車のナンバープレートで、さまざまな地域から来ていることがわかりました。

避難所でよく見かけた看護師や保健師の皆さんも、随分遠くから来ていました。

岩手県山田町の避難所では、和歌山と大阪から来ていた看護師さんたちと出会いました。私が拙著（『あなたへの一句』）を差し上げるととても喜んでくださり、「実は私たちにも言葉の力が必要なんです……」と本音を話してくださいました。被災地で闘っているのは被災者の方だけではないことを実感しました。そして言葉が掛け替えのない力になることも。

夏の俳句

阿部圭子

あべ・けいこ(64歳/宮城県石巻市)

夏《なつ》来《き》たる花《はな》に声《こえ》かけ今《いま》一人《ひとり》

地震と津波で何もかも流され、大切な人たちも失いました。悲しくて気落ちしていた日々、避難所となった高校の花壇に咲くきれいな花を見ると心が安らぐのを感じました。

――季語/夏来る・季節/夏

【夏来る】「立夏」のこと。「夏立つ」「夏に入る」などともいう。五月六日ころ。暦の上ではこの日から夏になるが、北国では桜が満開を迎え、遅霜が降りたりする。

東京電力原子力発電所事故により、ずたずたにされた南相馬市。除染も進まず住民の居住は困難な状況です。以前のようには戻れないかもしれませんが、復興の槌音は力強く山河に響いています。

――季語／青山河・季節／夏
【青山河】「夏の山」のこと。山々はいよいよ緑を濃くし、暗いほどに茂った山路や岩肌の滴りが涼しい。

復《ふっ》興《こう》の槌《つち》音《おと》ひびく青《あお》山《さん》河《が》

西内正浩

にしうち・まさひろ（64歳／福島県南相馬市）

早野和子

はやの・かずこ（81歳／岩手県岩泉町）

津《つ》波《なみ》逝《ゆ》く大《おお》海《うな》原《ばら》も空《そら》も夏《なつ》

世の皆々様、そして外《と》ツ國《くに》からまでも支援の手をさしのべて頂き、有難く感謝いたしております。一日も早く立ち直り、その御心に報いたいと思います。

——季語／夏・季節／夏

【夏】「立夏」（五月六日ころ）から「立秋」（八月八日ころ）の前日までを夏とする。梅雨の続く前半の雨季と、日照りと酷暑の続く後半の乾季とに大別される。

ハンカチの花《はな》さよならは突《とつ》然《ぜん》に

酒井美代子

さかい・みよこ（73歳／宮城県多賀城市）

ある日、小雨の仙台の野草園を歩くと、ハンカチの花が咲いていました。いつまでも見ていたら大震災で逝った兄の顔が浮かんできました。ハンカチの花の雨雫《あめしずく》が涙のように見えました。（俳句は「河」二〇一一年八月号に掲載）

――季語／ハンカチの花・季節／夏

【ハンカチの花】山地に自生する落葉低木。和名コンロンカ。四月下旬から七月にかけて咲く。赤い花を包むように白い苞が一、二枚伸びるのがハンカチに似る。

船橋まつ子

ふなはし・まつこ（59歳／福島県南相馬市）

置《お》き去《ざ》りの電《でん》車《しゃ》線《せん》路《ろ》にさみだるる

津波と原発事故による線路損壊により、電車は置き去りにされたまま。レールは錆び、復旧の見通しさえたたない常磐線です。

——季語／さみだるる・季節／夏

【さみだるる】「五月雨（さみだれ）」は、陰暦五月に降る長雨、つまり「梅雨」のこと。

しづかなる海《うみ》とはなりぬ新《しん》茶《ちゃ》汲《く》む

阿見孝雄

あみ・たかお（66歳／宮城県仙台市）

「海はまだ見たくない」。大津波に遭遇した方の言葉です。地震見舞いに新茶が送られ、もうそんな季節かと思いました。心の荒波も少しは凪《な》いだ気がしました。（俳句は「杉」二〇一一年八月号に掲載）

――季語／新茶・季節／夏

【新茶】五月初旬、その年初めて摘んだお茶のこと。香りがよく、初夏にふさわしいまろやかな味がする。

佐藤　勲

さとう・いさお（69歳／岩手県野田村）

身《み》一《ひと》つとなりて薫《くん》風《ぷう》ありしかな

思いも寄らない大津波に遭い、家と半生で積み上げた形あるものを悉《ことごと》く流失しました。茫然《ぼうぜん》自失の日々から覚めた時、かけがえのない家族がいて、今年も生まれたばかりの薫風が吹いていました。

――季語／薫風・季節／夏

【薫風】青葉若葉を渡ってくる、匂うようにさわやかで、やわらかい感じの風をいう。「風薫る」「風の香」ともいう。

津波に負けず、力強く立っている姿に感銘を受けました。明日を向いて、夢をもって生きる姿勢を詠みました。

——季語／緑・季節／夏

【緑】樹木の萌え立つ若葉の緑のこと。「新緑」「緑さす」などともいう。

一本《いっぽん》の松《まつ》世紀《せいき》津波《つなみ》に緑《みどり》立《た》つ

志賀英記

しが・ひでき（81歳／福島県川内村）

山﨑カツ子

やまざき・かつこ（68歳／福島県南相馬市）

壁《かべ》ごしに声《こえ》の聞《き》こえて明《あけ》易《やす》し

仮設住宅では、隣家の音も声も、どんなに小さくても聞こえます。眠れない日々が続いています。

——季語／明易し・季節／夏

【明易し】夏至に近づくにつれ、夜が明けて空の白むころが早くなる。眠り足りないうちに夜が明けてしまうことで、「明急ぐ」「明早し」などともいう。

日フィル弦楽四重奏団が慰問に来てくださいました。外は雨。ヴァイオリン、チェロ、ベースが避難所の体育館に静かに響き、心を癒してくれます。演奏終了後、涙を流す老婦人……。

――季語／さみだるる・季節／夏

【さみだるる】「五月雨（さみだれ）」は、陰暦五月に降る長雨、つまり「梅雨」のこと。

避《ひ》難《なん》所《じょ》に響《ひび》くノクターンさみだるる

高倉紀子

たかくら・みちこ（67歳／福島県南相馬市）

小池美智子

こいけ・みちこ（41歳／岩手県宮古市）

薫《くん》風《ぷう》や商《しょう》店《てん》街《がい》の大《たい》漁《りょう》旗《ばた》

大被害を受けた宮古市の商店街。初夏を迎えた頃には復興ののろしが上がり始めました。大通りにはためく無数の大漁旗に、海に生きる人々の底力を感じました。

――季語／薫風・季節／夏

【薫風】青葉若葉を渡ってくる、匂うようにさわやかで、やわらかい感じの風をいう。「風薫る」「風の香」ともいう。

放射能を恐れ、どの家も無人。そこにつばめの子だけが賑やかでした。

——季語／雛つばめ・季節／夏

【雛つばめ】燕の卵は五月ごろにかえって子燕が生まれる。巣の中で育てられ、飛ぶことを習い、九月には南へ飛び去ってゆく。

避難地《ひなんち》の空家《あきや》さざめく雛《ひな》つばめ

牛来承子

ごらい・しょうこ（78歳／福島県南相馬市）

紺野英子

こんの・えいこ（69歳／福島県福島市）

流《なが》されて漁《ぎょ》船《せん》そのまま夏《なつ》野《の》原《はら》

震災四カ月余。田んぼにポツンと……言葉が出ませんでした。

――季語／夏野原・季節／夏

【夏野原】夏草が生い茂り、緑深く、日光の直射が厳しく、草いきれの立つ夏の野原のこと。

ゆとりもできて、美しい蛍を見に行って、安らいだ気持ちになりました。

——季語／蛍狩・季節／夏

【蛍狩】植田が緑に活気づくころ、蛍を見に水辺の道をゆくこと。

避《ひ》難《なん》所《じょ》の川《かわ》のほとりや蛍《ほたる》狩《がり》

荒和子
あら・かずこ（63歳／福島県南相馬市）

佐藤芳子

さとう・よしこ（86歳／福島県新地町）

被《ひ》災《さい》地《ち》の心《こころ》励《はげ》ます蓮《はす》の花《はな》

広い沼一面に蓮の花が満開でした。通院途中でしたが、ふと、この風景は被災した友人への励ましになると思い、急いでメモしました。

——季語／蓮の花・季節／夏

【蓮の花】スイレン科の多年草。七、八月ころ、池や沼、田などの蓮から白・淡紅の花を開く。

親子で避難先の蛍を見に行きました。生まれ故郷飯舘村のことを、ふと思い出しました。

避難《ひなん》して蛍《ほたる》見《み》にゆく親子《おやこ》かな

宮木美英子

みやき・みえこ（63歳／福島県南相馬市）

——季語／蛍・季節／夏

【蛍】「ほ」は火を、「たる」は垂る・照るをあらわし、闇の中に火を垂れ照り輝く印象をそのまま名前にしたものと考えられている。さなぎから孵化（ふか）した蛍は、わずか二週間しか生きない。

夏見舞《なつみまい》原発事故《げんぱつじこ》のことばかり

高橋惣之助

たかはし・そうのすけ（87歳／福島県南相馬市）

原発事故以来、東京・埼玉・仙台に暮らす兄弟や孫から毎日のように電話をもらいました。

——季語／夏見舞・季節／夏

【夏見舞】暑中に贈答品や見舞状を出して、親戚・知人の安否を問うこと。

南相馬は、住民のほとんどが避難しました。いまだ戻れず、庭といい小径といい、草ぼうぼうで、とても人間の住む町ではなくなってしまいました。

――季語／草茂る・季節／夏

【草茂る】夏に、樹木の枝葉がうっそうと茂る様のこと。

福島《ふくしま》はもう人《ひと》住《す》めず草《くさ》茂《しげ》る

郡 良子

こおり・りょうこ（77歳／福島県南相馬市）

林タケ子——はやし・たけこ（84歳／福島県南相馬市）

世界《せかい》より広《ひろ》ごる支援《しえん》夏帽子《なつぼうし》

被災地は各国の支援により復興しつつあります。若人の甲斐甲斐《かいがい》しい動作に感激しています。

——季語／夏帽子・季節／夏

【夏帽子】夏の暑さを防ぐためにかぶる帽子の総称。「夏帽」ともいう。

目をつむると行きどころのない万の魂が彷徨って いるように視《み》えてきました。昼に訪ねた多賀城市 八幡の宝国寺、裏手の墓所、末の松山は滴《したた》る緑に 囲まれていたというのに。（俳句は「河」二〇一一年 八月号に掲載）

――季語／緑・季節／夏

【緑】樹木の萌え立つ若葉の緑のこと。「新緑」「緑さす」などともいう。

彷徨《さまよ》へり万《まん》のたましひ緑《みどり》の夜《よ》

坂内佳禰

ばんない・かね（64歳／宮城県仙台市）

ばらの鉢《はち》抱《かか》へ仮《か》設《せつ》に移《うつ》らる

佐藤信昭

さとう・のぶあき（77歳／宮城県岩沼市）

ボランティアとして避難所で過ごす方々と関わってきました。どん底にあっても一鉢の花に寄せる心の優しさをもつ方々に、明るく希望に満ちた明日が来ることを祈るばかりです。（俳句は「駒草」二〇一一年八月号に掲載）

——季語／薔薇・季節／夏

【薔薇】花期を夏とするので「薔薇」といえば夏。その品種は何千とあり、時と所により、万人の心を捉えてきた。花ことばは「愛」。

石巻は死者・行方不明者が六千人を超えた被災地です。この句を詠んだのは、誰もが親族・友人・知人と別れ、悲しみを背負い生きて行こうと決意を新たにした時期です。夏の夜空に鎮魂の思いを込めました。

——季語／白夜・季節／夏

【白夜】六月二十一日ころの「夏至」の日、北極地方で一日中太陽が沈まない状態をいう。

百《ひゃく》千《せん》の魂《ほし》に別《わか》れし白《びゃく》夜《や》かな

太田美智子

おおた・みちこ（59歳／宮城県石巻市）

五十嵐安志

いがらし・やすし（84歳／福島県郡山市）

震《しん》災《さい》の夏《なつ》空《ぞら》何《なに》事《ごと》も無《な》くブルー

一面の青空。しかしそこには放射性物質が浮遊しています。避難生活ももう五カ月。まだ先が見えません。

——季語／夏空・季節／夏

【夏空】入道雲、夕立、夕立あとの空、花火をあげた夜空など、夏の空には様々な活気がある。

かなしみは秘《ひ》めしままにて夏至《げし》の夜《よる》

箱石里佐

はこいし・りさ（77歳／岩手県岩泉町）

皆さんと接している時には、みな同じ運命と思って諦《あきら》めておりますが、夜一人になった時など、来し方を振りかえって胸がつまる思いになる時があります。

——季語／夏至・季節／夏

【夏至】六月二十一日ころ。一年中で昼がもっとも長く、夜がもっとも短い。

赤川誓城
あかがわ・せいじょう（86歳／宮城県仙台市）

地震《ない》見舞《みま》ふ甘酒《あまざけ》なども荷《に》の中《なか》に

横浜に住む甥ご夫婦からの見舞いの品、あれやこれやと探してくれた中の、一袋の甘酒です。八十を半ばに過ぎた病妻と、分け合って飲んだのが美味しい、有り難い。本当に美味しい。（俳句は「ホトトギス」二〇一一年九月号に掲載）

——季語／甘酒・季節／夏

【甘酒】暑気払いとして夏に愛飲されていたため、俳句では夏の季語として定着している。

亡くなった家族がみていてくれると、涙を流しながら気持ちを奮い立たせて祭に参加している人々の様子を、テレビを見てつくりました。

——季語／野馬追祭・季節／夏

【野馬追祭】七月末の土・日・月。福島県相馬郡太田神社・中村神社・小高神社の妙見三社の祭礼。相馬氏の始祖、平将門が家臣に放馬を追わせて訓練したことに由来するという。

天上《てんじょう》へ伏《ふ》せ貝《がい》鳴《な》らし野《の》馬《ま》祭《まつり》

佐伯律子

さえき・りつこ（52歳／福島県南相馬市）

高野美子

たかの・よしこ（69歳／福島県南相馬市）

瓦《が》礫《れき》山《やま》草《くさ》の茂《しげ》りて古《こ》墳《ふん》めく

あの日からはや五カ月。放置されたままの瓦礫山には草が茂り、古墳の様子と化していることが何とも哀しいです。

——季語／草茂る・季節／夏

【草茂る】夏に、樹木の枝葉がうっそうと茂る様のこと。

沈みがちなこの地も、ここぞとばかりに活気づき、嬉しかったです。

――季語／野馬追祭・季節／夏

【野馬追祭】七月末の土・日・月。福島県相馬郡太田神社・中村神社・小高神社の妙見三社の祭礼。相馬氏の始祖、平将門が家臣に放馬を追わせて訓練したことに由来するという。

被《ひ》災《さい》地《ち》に喚《かん》声《せい》揚《あ》がり御《お》野《の》馬《ま》追《おい》

海老原由香

えびはら・ゆか（44歳／福島県南相馬市）

木幡幸子

こわた・さちこ（75歳／福島県南相馬市）

亡母《はは》の声《こえ》聞《き》きたくて佇《た》つ青岬《あおみさき》

友人の母が津波にさらわれました。夕方になると、車で岬に行っては佇《たたず》み、大声で母の名を呼ぶそうです。

――季語／青岬・季節／夏

【青岬】夏の岬のこと。紺碧に輝く夏の海を望む、草いきれの立つ岬である。

入道雲が日を浴びながら大きくなっていった。八〇〇キロも遠くに避難して萎《な》えている心に力を貰いました。

――季語／雲の峰・季節／夏

【雲の峰】夏を象徴する雲の呼称。学名「積乱雲」。むくむくとふくらんでいくさまを、その形から「入道雲」とも呼ぶ。

雲《くも》の峰《みね》日《ひ》当《あ》たりながら育《そだ》ちけり

吉田洋子

よしだ・ようこ（68歳／福島県南相馬市）

船橋まつ子

ふなはし・まつこ（59歳／福島県南相馬市）

被《ひ》災《さい》地《ち》の空《そら》を自《じ》在《ざい》に夏《なつ》燕《つばめ》

地上では人々が放射能を恐れてマスクをし、家に籠《こも》っています。でも空には燕が自在に飛んでいる……。燕には放射能の影響がないのかもしれませんが、今後が心配です。

――季語／夏燕・季節／夏

【夏燕】春の燕と違い、子燕を育てるために田野を忙しく飛び回る。秋には子燕ともども南へ帰る。

花火がよろよろと夜空へのぼるさまに鎮魂の情が窺《うかが》われます。大輪には大いなる復興への力が思われます。

――季語／大花火・季節／夏

【大花火】火薬を調合して張り子の球に詰め、筒の中に入れて点火すると高く空中に上がり炸裂する。夏の夜空を美しく彩る日本の伝統文化。

大《おお》花《はな》火《び》大《だい》震《しん》災《さい》の空《そら》に咲《さ》き

高橋愛子

たかはし・あいこ（83歳／福島県南相馬市）

渡部とし江
――わたなべ・としえ（78歳／福島県浪江町）

目《め》つむりて浪江《なみえ》の蝉《せみ》と思《おも》ふかな

浪江の住人です。避難七回でやっと福島市に落ち着きました。目をつむって蝉の声を聞くと、生まれた家の庭で聞いているように落ち着くのです。

――季語／蝉・季節／夏

【蝉】にいにい蝉やみんみん蝉、ジージーと鳴く油蝉やシャーシャーと鳴く熊蝉など、何年も地中生活を経て地上で生息するのはわずか一週間ほど。その鳴き声は、日本の夏を象徴する。

被災地鳥の海へ。住宅や漁港は跡形もなく、あまりの光景に恐れを覚えました。鳥の海宿泊所が抜け殻のように残っています。前途の厳しさを越え、一日も早く復興されることを祈るのみです。（俳句は「駒草」二〇一一年八月号に掲載）

——季語／炎天下・季節／夏

【炎天下】真夏の灼けつくような太陽の空、天気の下のこと。

炎《えん》天《てん》下《か》瓦《が》礫《れき》の山《やま》に船《ふね》浮《うか》ぶ

平間竹峰

ひらま・ちくほう（89歳／宮城県柴田町）

荒二三子
あら・ふみこ（91歳／福島県飯舘村）

娘《こ》の友《とも》に招《まね》かれて見《み》る揚《あげ》花《はな》火《び》

避難先に娘の友人がいます。私どもが飯舘村から避難してきたと知り、花火があるからと招待してくれました。

――季語／揚花火・季節／夏

【揚花火】火薬を調合して張り子の球に詰め、筒の中に入れて点火すると高く空中に上がり炸裂する。夏の夜空を美しく彩る日本の伝統文化。

平成二十三年六月三日、地震の後遺症から、受話器に手をのばしたまま叔父は倒れていました。救急車を呼んで手当てをしましたが遠い旅立ちとなりました。梅雨晴間を利用して、叔母共々納骨をしました。(俳句は「駒草」二〇一一年八月号に掲載)

――季語/夕虹・季節/夏

【夕虹】夏、夕立のあとなどに多く現れる。夕虹が立てば明日は晴れといわれている。

夕《ゆう》虹《にじ》の先《さき》へ共《とも》共《ども》発《た》ちにけり

佐藤猛

さとう・たけし(80歳/宮城県仙台市)

荒コフ

あら・こう（81歳／福島県飯舘村）

避《ひ》難《なん》してがらんどうなる夏《なつ》座《ざ》敷《しき》

住めなくなった我が家。秋のある日、久しぶりに訪れると、広々とした座敷がもの悲しく目に映りました。

――季語／夏座敷・季節／夏

【夏座敷】障子やふすまを取り払ってすだれをかけたり、葦（あし）の屏風で仕切った座敷に蓆（むしろ）を敷いて涼しい雰囲気を作る。日本の家屋は、湿気の多い夏に備えて間口を広く、風通しよく造られている。

わが夢《ゆめ》も瓦礫《がれき》となれり茄子《なす》の花《はな》

佐藤みね

さとう・みね（69歳／宮城県美里町）

私の地方は津波はありませんが家屋が傷み、家財はほぼ瓦礫となりました。瓦礫の側の茄子は花をつけ明るい未来が見えてきました。またささやかな幸せが訪れる予感がします。（俳句は「小熊座」二〇一一年八月号に掲載）

―季語／茄子の花・季節／夏

【茄子の花】初夏から秋にかけて、紫色のかわいい花を咲かせる。一説には、茄子の花には無駄花がなく、必ず結実すると言われている。

長谷部るり子

はせべ・るりこ（61歳／福島県南相馬市）

戻《もど》るにも戻《もど》れぬ故《こ》郷《きょう》遠《とお》花《はな》火《び》

戻りたくても戻れない故郷南相馬市。遠花火をみては涙し郷愁が募りました。

――季語／遠花火・季節／夏

【遠花火】火薬を調合して張り子の球に詰め、筒の中に入れて点火すると高く空中に上がり炸裂する。夏の夜空を美しく彩る日本の伝統文化。「遠花火」は、遠くに小さく見えたり、その音だけ聞こえてくる様。

自衛隊の片付けもすみ、障害物の無くなった田んぼは広々としています。わが屋敷跡を夕焼空が何時までも照らしてくれました。何とも悲しいです。

——季語／夕焼・季節／夏

【夕焼】夕焼は四季を通じてみられるが、夏がとりわけ壮大で荘厳の感が強いため、夏の季語としている。

夕《ゆう》焼《や》けの空《そら》を供《く》華《げ》とし津《つ》波《なみ》跡《あと》

小野とめ代

おの・とめよ（86歳／福島県新地町）

一切《いっさい》を失《うしな》ひ仰《あお》ぐ山法師《やまぼうし》

箱石郁子
はこいし・いくこ（79歳／岩手県岩泉町）

仮設住宅の窓から見える山法師の白い花、浄《きよ》らかなとてもやさしい花でした。生きて在る、それだけでいいのだと思えました。

——季語／山法師・季節／夏

【山法師】ミズキ科の落葉高木で、山地に自生する。五、六月ころ、白色卵形の四枚の苞に抱かれるように細い花を球状につける。

岩手県岩泉町の避難所を訪ねると、地元の句会の皆さんが私を待っていてくださいました。実は今から十七年前、ＮＨＫの俳句の番組で岩泉へ行った折、皆さんとご一緒したのです。

句会メンバーの多くは被災していました。避難所ではあるご高齢の女性が、大変印象的な話をしてくださいました。その方が嫁いだ家は五百年も続く旧家だったそうですが、家も位牌《いはい》も何もかも津波に流されてしまったそうです。「津波とは本当に恐ろしいものです。五百年分の我が家の歴史を一瞬にして消し去ってしまいました。一時はこの先どうやって生きていったらよいのかと絶望的になりましたが、この齢《とし》で何もかも失って、今はむしろ清々しい気持ちです」。

計り知れない苦悩の果てにたどり着いたであろう「清々しい」という境地とその言葉の重さ……女性の毅然とした生き方に、あらためて人の強さと尊さを思いました。

＊

四月に被災地を訪ねた折お会いした岩手県岩泉町の被災者の皆さんと句座を囲むことになり、十月下旬、俳句仲間等数人と岩泉を再訪しました。

野田村からも被災者の方が駆けつけてくださり、当時避難所だった龍泉洞温泉ホテルで句会を行いました。晩秋の岩手は思いの外寒く、既に紅葉も終わっていましたが、被災者の皆さんはホテルの前で出迎えてくださり、半年ぶりの感激の再会を果たしました。

句会の前に、まず町を流れる清水川《しず》を皆で散策。龍泉洞から流れ出る水は澄みを極め、水底をつぶさに見せていました。ご年配の方たちは植物に詳しく、昔洗剤代わりに使っていたという皀角子《さいかち》などを私たちに見せてくださり、色々な花の名前を教えてくださいました。

その後、ホテルに戻って句会を行い、夕食を共にしました。その間、あらためて震災の話をうかがいました。私が「今一番困っていらっしゃること、足りないものは何ですか?」

と尋ねると、皆さん顔を見合せ異口同音に「何もないわねぇ……ただただ感謝の日々です」とおっしゃるのです。そして「被災してそれまで見えていなかったものが見えるようになりました。津波は何もかも持っていってしまったけれど、置いていってくれたものもあるのですよ」と。その謙虚で潔い生き様に、人は気高く尊いと、強く心を打たれました。

また、四月に訪ねた折に「一句でにわかに生きる勇気が湧きました！」と言ってくださったご高齢の女性がこんなことをおっしゃいました。「今だから言いますが、実は最初〝俳句でエール〟なんて無理だと思っていたのですよ。ところがいただいた一句を読んで、一瞬にして希望の光が差したんです！」。

そう言ってくださる方がいるかぎり、これからも「俳句でエール！」を続けていこうと、思いをあらたに帰途につきました。

海彦も山彦も来て秋惜しむ　まどか

秋の俳句

十《と》府《ふ》ヶ《が》浦《うら》がれきの山《やま》にトンボ止《と》む

北田俊光
——きただ・としみつ（63歳／岩手県野田村）

震災の後片付けの毎日です。長い砂浜、黒松防潮林の名勝地にも、今は瓦礫《がれき》が高く積み上げられています。トンボの休む場所はここしかありません。いつ終わるとも分からない作業、ここに有るだけで良しとして、足を進めます。

——季語／蜻蛉・季節／秋
【蜻蛉】羽の薄く透き通った美しさもさることながら、大きな複眼が印象的。「川トンボ」「糸トンボ」は夏の季語。

未だに常磐線は不通です。電車が走らないので線路は草がのびて本当に淋しいです。

――季語／猫じゃらし・季節／秋

【猫じゃらし】「狗尾草（えのころぐさ）」のこと。野原や空地、道ばたなど、いたるところに生える。

廃《はい》線《せん》の鉄《てつ》路《ろ》の錆《さ》びや猫《ねこ》じゃらし

高江須枝子

たかえ・すえこ（77歳／福島県南相馬市）

高野裕子

たかの・ひろこ（62歳／福島県南相馬市）

あさがほの明日《あした》を探《さが》す蔓《つる》の先《さき》

朝起きるとあさがおの蔓が元気に伸び続けています。自分もあさがおのように明日も元気に生きようと思います。

――季語／あさがお・季節／秋

【あさがお】明け方、青・紫・赤・白・絞りなどのろうと状の花を開き、太陽が昇りきるころにはしぼんでしまう。立秋（八月七日ころ）を過ぎたころに咲く。

両親を津波で亡くした四歳の男の子が、七夕飾りに掲《かか》げる願い事を聞かれた時、このように答えたのに涙が溢れました。

――季語／七夕・季節／秋

【七夕】旧暦七月七日（八月二十四日ころ）、またはその日の行事のこと。五節句の一つで、中国の「乞巧奠（きっこうでん）」と日本の「棚機女（たなばたつめ）の禊（みそぎ）」が合体して奈良時代に始まったものといわれる。

七夕《たなばた》やママが欲《ほ》しいと被災孤児《ひさいこじ》

牛来承子

ごらい・しょうこ（78歳／福島県南相馬市）

川端道子

かわばた・みちこ（80歳／宮城県石巻市）

地震《ない》の地《ち》に弾《はず》む声《こえ》あり秋《あき》陽《ひ》満《み》つ

ボランティアの皆さんが来られた時のうれしさと、帰った後の寂しさを詠みました。

――季語／秋陽・季節／秋

【秋陽】秋の太陽や、その陽射しのこと。夏の暑さを引きずりつつ、どことなく空気も澄み、しんとした気配が漂う。

原発事故さえなければ逢えるのに。

――季語／星今宵・季節／秋

【星今宵】七夕の日の夜のこと。天の川にかささぎが翼を広げて橋となり、牽牛（けんぎゅう）がこれを渡って織女（しょくじょ）のもとへ通うという伝説がある。

彼《か》の人《ひと》も原《げん》発《ぱつ》避《ひ》難《なん》星《ほし》今《こ》宵《よい》

西内正浩

にしうち・まさひろ（64歳／福島県南相馬市）

荒和子

あら・かずこ（63歳／福島県南相馬市）

遺《い》骸《がい》まだあがらぬ友《とも》や葛《くず》の花《はな》

友人の遺体が見つからないまま半年が過ぎてしまいました。とても悲しい思いです。

――季語／葛の花・季節／秋

【葛の花】マメ科の蔓性多年草。晩夏から初秋にかけて、日本全土の山野に繁茂する。秋の七草のひとつ。

牛のえさの藁束が放射能を浴びてしまいました。大切にしていたのに、牛に与えることが出来ず、そのままになりました。情けないことです。

――季語／藁塚・季節／秋

【藁塚】刈り取った稲を稲架で十分に干し、稲扱《こ》きをしてできた藁束を積んだもの。

放《ほう》射《しゃ》能《のう》浴《あ》びし藁《わら》束《たば》積《つ》まれあり

佐藤邦子

さとう・くにこ（79歳／福島県南相馬市）

横田鬼一――よこた・きいち（83歳／福島県川内村）

七夕《たなばた》や避難《ひなん》解除《かいじょ》を願《ねが》うだけ

短冊にはただ一つ、避難解除をねがいますと記しました。

――季語／七夕・季節／秋

【七夕】旧暦七月七日（八月二十四日ころ）、またはその日の行事のこと。五節句の一つで、中国の「乞巧奠（きっこうでん）」と日本の「棚機女（たなばたつめ）の禊（みそぎ）」が合体して奈良時代に始まったものと言われる。

仙台に暮らす娘を頼って避難しましたが、ここも余震続きです。

——季語／盆迎ふ・季節／秋

【盆迎ふ】七月十三日の夕刻から十五日（または十六日）までを盆といい、「迎え盆」から「送り盆」まで、正月と並ぶ大事な行事。地方によっては八月というところもある。

避《ひ》難《なん》地《ち》も余《よ》震《しん》つづきや盆《ぼん》迎《むか》ふ

荒二三子

あら・ふみこ（91歳／福島県飯舘村）

また来《く》るてふ約束《やくそく》出来《でき》ず墓洗《はかあら》ふ

吉田洋子

よしだ・ようこ（68歳／福島県南相馬市）

いつ戻れるとも知れない避難生活。早く我が家に戻り、普通の生活がしたいです。

――季語／墓洗ふ・季節／秋

【墓洗う】春秋の彼岸や故人の命日にも墓参りはするが、盆の墓参りに限り、供養の代表的なものとして秋の季語としている。

原発事故の為、友の幾人かが避難を強いられています。放射能を気にしながらの毎日の生活。そんな思いを知ってか知らずか、草の中にはいつものように、曼珠沙華が咲いているのです。

――季語／曼珠沙華・季節／秋

【曼珠沙華】ヒガンバナ科の多年草。彼岸のころ、ある日突然燃えるように咲きだす。「彼岸花」「捨子花」ともいう。

原《げん》発《ぱつ》に最《も》寄《よ》りの畦《あぜ》や曼《まん》珠《じゅ》沙《しゃ》華《げ》

佐藤和子

さとう・かずこ（68歳／福島県相馬市）

激震《げきしん》に耐《た》えきし父母《ふぼ》の墓洗《はかあら》ふ

高橋愛子

たかはし・あいこ（83歳／福島県南相馬市）

どんなに怖かったろう。傾いた墓石に手をかけた時、そう思いました。切ない気持ちで撫《な》でました。

――季語／墓洗う・季節／秋

【墓洗う】春秋の彼岸や故人の命日にも墓参りはするが、盆の墓参りに限り、供養の代表的なものとして秋の季語としている。

在りし日の想いを涙なしでは聞けない新盆はつらかった。いつか来る我が身を重ねてしまいます。

——季語／新盆・季節／秋

【新盆】前年の盆以降に死者を出した家での最初の盆のこと。七月十三日の夕刻から十五日（または十六日）までを盆といい、「迎え盆」から「送り盆」まで、正月と並ぶ大事な行事。地方によっては八月というところもある。

新《にい》盆《ぼん》や十《じっ》指《し》にあまる貰《もら》ひ泣《な》き

木幡幸子

こわた・さちこ（75歳／福島県南相馬市）

箱石郁子

はこいし・いくこ（79歳／岩手県岩泉町）

鮭《さけ》汁《じる》や支《し》援《えん》食《しょく》堂《どう》の笑《わら》ひ声《ごえ》

漁船が流失してしまったので、食卓に上がるのは貴重な鮭です。あつあつの鮭汁に、心も体も温められました。みんなに笑顔が戻りました。

——季語／鮭・季節／秋

【鮭】淡水魚の代表。産卵期には東北以北の川を多く遡上する。遡上直前の味が最高と言われる。産卵期は八月から十二月ころまで続く。

鉄骨がむき出しになってしまっている原子力発電所。そこに注ぐ月明りが冷たく感じられました。

――季語／月・季節／秋

【月】一年を通して身近なものだが、そのさやけさ、清々しさは秋に極まるので、単に「月」といえば秋の月を指す。

原《げん》発《ぱつ》の鉄《てっ》骨《こつ》あらは月《つき》照《て》らす

山﨑カツ子

やまざき・かつこ（68歳／福島県南相馬市）

ななかまど深紅《しんく》の頃《ころ》に嫁《よめ》にゆき

古山シツエ——ふるやま・しつえ（74歳／岩手県野田村）

赤く熟れたななかまどの実を目にすると、遥か昔を思い出します。子供のある人の所に嫁ぐため、不安で、とても悩みました。結局、ななかまどの実も終わるころに嫁いだのですが、昔のことが懐かしく思いだされました。

——季語／ななかまど・季節／秋

【ななかまど】バラ科の落葉高木。秋に燃えるように美しく紅葉する。球形の果実は十、十一月に真っ赤に熟して垂れ下がる。

むせかへるほどの送《おく》り火《び》見《み》上《あ》げけり

小池美智子

こいけ・みちこ（41歳／岩手県宮古市）

八月十六日、盛岡にある老舗のお蕎麦屋さんの前に、大きな一対の篝火《かがりび》が焚かれました。日が傾くころ燃え始めたその炎に、沿岸で焚かれている数多の送り火が重なり、いつまでも眺めていました。

――季語／送り火・季節／秋

【送り火】盆の間、家に帰っていた祖先の精霊を再び送り出すために、門前や戸口で焚く火。

穴《あな》まどひ避《ひ》難《なん》解《と》かれし校《こう》庭《てい》に

郡良子
こおり・りょうこ（77歳／福島県南相馬市）

つい最近まで、避難所として使用されていた校庭に、穴まどいらしきものが見られました。

——季語／穴惑い・季節／秋

【穴惑い】寒くなると穴に入り冬眠する蛇などの動物が、仲秋を過ぎても穴に入らないこと。

漁業する人々の生活を再建する力に感動。初秋刀魚を夕食の食卓に、早く元の生活になることをお祈りしました。

——季語／秋刀魚・季節／秋

【秋刀魚】三陸沖から関東にかけて、晩秋に著しい漁獲量をあげる魚。秋の深まりにつれて市場に溢れるほどにとれ、日本の食卓を彩る。

復興《ふっこう》にはためく漁旗《りょうき》秋刀魚《さんま》羅《せ》る

林タケ子

はやし・たけこ（84歳／福島県南相馬市）

海老原由香

えびはら・ゆか（44歳／福島県南相馬市）

十《じゅう》五《ご》夜《や》に包《つつ》まれてゆく過《か》疎《そ》の村《むら》

避難区域となり、淋しくなった一村を、見守るように月の光がやさしく照らしていました。

——季語／十五夜・季節／秋

【十五夜】陰暦八月十五日の夜、またはその夜の月のこと。栗・芋・団子などを三方に盛り、ススキを飾って月の出を待つ。

停電した街を歩かなければならないとき、恐怖感がありましたが、月明かりに励まされるような気持ちにもなりました。

――季語／月明り・季節／秋

【月明り】月は一年を通して身近なものだが、そのさやけさ、清々しさは秋に極まるので、単に「月」といえば秋の月を指す。

被《ひ》災《さい》地《ち》をまっすぐ照《て》らす月《つき》明《あ》かり

森美紀子

もり・みきこ（40歳／宮城県気仙沼市）

月光《げっこう》に水音《みなおと》のみや過疎《かそ》の町《まち》

八重樫榮子

やえがし・えいこ（80歳／岩手県岩泉町）

しみじみ月を仰ぎ、水音を静かに聴き、ひたすら復興の早からんことを祈りつつ詠いました。

——季語／月光・季節／秋

【月光】月は一年を通して身近なものだが、そのさやけさ、清々しさは秋に極まるので、単に「月」といえば秋の月を指す。

避難地より戻り、ようやく落ち着きが出て参り庭を観ていました。前に進まねばと力が湧きます。

――季語／鶏頭・季節／秋

【鶏頭】ヒユ科の一年草。花の色、形が雄鶏のとさかに似ているところから、この名前がつけられた。赤のほか、紅・黄・白などもある。

何《なに》事《ごと》も無《な》きかに鶏《けい》頭《とう》朱《しゅ》を燃《も》やす

吉田茂子

よしだ・しげこ（79歳／福島県南相馬市）

大甕知永子

おおみか・ちえこ（85歳／福島県南相馬市）

災《わざわ》ひは確《たし》かめがたくうそ寒《さむ》し

天下を二分された悪夢のような大震災であり、深刻な原発被害が拡大している中で、日々悩みながら暮らしています。放射能は目に見える失敗と違います。不自由さとともに長く辛い生活を送らねばならないことでしょう。

――季語／うそ寒・季節／秋

【うそ寒】晩秋になって、じっとしていると寒さを覚えるころのこと。やがて来る冬にとりとめのない不安を覚える季語。

受け止めがたい現実に愕然《がくぜん》とし、ただ夢中で片づけの日々でした。そんな中にあってもふと気付くと、草が茂り、夏になっていました。季節はいつものように、移ろっているのでした。

——季語／もみじ・季節／秋

【もみじ】晩秋、霜が降りるころになると、落葉樹の葉が変質して紅や黄など、とりどりの色に変わる。紅葉も黄葉も総称して「もみじ」という。

とどまりし心《こころ》にうつるもみじかな

北田京子

きただ・きょうこ（57歳／岩手県野田村）

菊地湛子

きくち・きよこ（75歳／宮城県塩竈市）

黄昏《たそがれ》の松島湾《まつしまわん》を鳥《とり》渡《わた》る

——季語／鳥渡る・季節／秋

【鳥渡る】秋に、北方から来る鳥のことを「渡り鳥」「鳥渡る」といい、春の「鳥帰る」「鳥雲に入る」と区別している。

松島に住む妹宅からの帰途、気になっていた雄島に寄り道をしようとしたところ、津波で橋が失せていました。行く手に渡ることができず海を眺めていた黄昏時、一陣の渡り鳥に感動しました。（俳句は「宇宙」七十四号に掲載）

浜の暮らしが当たり前のこととして始まっています。浜辺に生を受けて育った者にはやはり、以前どおり、磯の香りの届く生活《くらし》が恋しいのです。

――季語／新松子・季節／秋

【新松子】今年できた「松かさ」のことで、まつぼっくりのこと。枯れてくると乾いて鱗片（りんぺん）が開き、落ちる。

故郷《ふるさと》はやはり磯《いそ》の辺《べ》新松子《しんちぢり》

早野和子

はやの・かずこ（81歳／岩手県岩泉町）

秋夕焼《あきゆやけ》泣《な》きたきことは漢《おとこ》にも

佐藤勲

さとう・いさお（69歳／岩手県野田村）

震災から半年が過ぎました。不安で不自由な日々、頼りにされるのが年長者です。夕焼を見ているとなぜか涙が溢れます。人には見せないもう一人の自分。夕焼は黙って泣かせてくれました。

——季語／秋夕焼・季節／秋

【秋夕焼】ゆく秋への思いを深めつつ、海の色の変化とともに刻々と変わる空の色は郷愁を誘う。「秋の夕映え」ともいう。

宮城県石巻市は、かつて松尾芭蕉が「おくのほそ道」の旅で訪ねた地です。当時の石巻は、北上川の水運により交通の要所として大変栄えていました。港には千石船が集い、犇《ひし》めき合う家々は炊飯の煙を上げて、それは活気の溢れる町だったと芭蕉は記しています。芭蕉が石巻を眺めた日和山に登ると、芭蕉像の向こうに、瓦礫《がれき》と化した町が見えました。

石巻では中学と高校の避難所を訪ねましたが、ある避難所では、子供のための寺子屋を始めていました。そして最近になって子供たちから「俳句を作りたい」という声が上がったというのです。私は持参した俳句の本と短冊を置いてきました。俳句を詠むことは心の浄化と昇華につながります。石巻の子供たちから元気な俳句が届くのを楽しみに待ちたいと思います。

＊

石巻で学校の避難所を訪問した折のこと。教室を一人で使っている年輩の男性がいらっしゃいました。

同室だった他の被災者の方は親戚の家に移り、数日前から一人だということでした。私が持参した拙著を渡すと、「ありがとう！ 今一番欲しいものは活字だったんですよ！」と言ってくださいました。間もなく八十歳になるという男性は、以前はマグロ船の漁師をされていたということでした。

昔から大の読書好きで、遠洋に出る折は、いつも二、三十冊の本を持っていかれたそうです。「これ、見て」男性は段ボールから数冊の本を取り出しました。児童書や経済書などで、どれも泥だらけでした。瓦礫の中から拾ってきたそうです。

「誰の本かわからないんだけどね。今はこれしかないから、洗って乾かして読んでるんですよ……」

被災地では支援物資の需要と供給が嚙み合っていない場所が多く目につきました。また当然のことながら時間が経つにつれて必要な物が変わってきます。しかし言葉はどんな時にも、人の支えになるものだと確信したのでした。

冬・新年の俳句

海見《うみみ》ゆる暮《く》らしに慣《な》れて石蕗《つわ》の花《はな》

小池美智子

こいけ・みちこ（41歳／岩手県宮古市）

職場から毎日海を見下ろしています。海が青い日も静かな日も、怖かったり不安だったり、穏やかな気持ちで見ることはできませんでした。

――季語／石蕗の花・季節／冬

【石蕗の花】キク科の多年草。北日本を除く海岸沿いに自生する。十月ごろ、鮮やかな黄色の頭状花をつける。

——季語／立冬・季節／冬

【立冬】十一月七日か八日ころ。二十四節気のひとつで、この日から冬に入る。

大崎八幡宮の拝殿に隣接して震災募金箱と記帳台がありました。最近、募金箱は、街中ではほとんど見かけません。「あの日」を決して忘れない気持ちを込めて募金しました。（俳句は「宇宙」七十四号に掲載）

立冬《りっとう》の社《やしろ》に震災《しんさい》募金箱《ぼきんばこ》

武田美和子
たけだ・みわこ（77歳／宮城県仙台市）

菊田島椿

きくた・とうしゅん（84歳／宮城県気仙沼市）

いささかの大根《だいこ》干《ほ》しある仮《か》設《せつ》棟《とう》

気仙沼湾に浮かぶ大島。わが集落三十三世帯のうち二十三世帯が波に浚《さら》われ、三人の尊い命が波に呑まれてしまいました。身内を頼って避難所を出たのは九世帯。あとは島内の仮設に居を移し、支え合って再起復興に向け日夜頑張っています。

――季語／大根干す・季節／冬

【大根干す】たくあん漬けにするために大根を干すこと。四、五本ずつ束ね、天日に干して乾燥させる。

未曾有《みぞう》の震災に遭い、同じ境遇の人々と労《いたわ》り、励まし合って冬を迎えることとなりました。仮住まいではありますが「住めば都」、笑顔を忘れずに過ごしたいものです。北国の冬は長いですから。

――季語／冬に入る・季節／冬

【冬に入る】十一月七日か八日ころ。二十四節気のひとつ「立冬」のことで、この日から冬に入る。

仮《かり》に住《す》む灯《ひ》を睦《むつ》み合《あ》ひ冬《ふゆ》に入《い》る

佐藤 勲

さとう・いさお（69歳／岩手県野田村）

新雪《しんせつ》やなほも生《い》きむと深呼吸《しんこきゅう》

箱石郁子

はこいし・いくこ（79歳／岩手県岩泉町）

秋田県仙北市の被災者支援旅行に招かれてホテルに泊まった朝、初雪が真白く積もり、清々しい空気が漲《みなぎ》っていました。秋田の皆様のあたたかいもてなしに、生きる力をもらいました。

——季語／新雪・季節／冬

【新雪】その年の冬に初めて降った雪のこと。「初雪」は、里の人々に、長い冬に耐えるための心の準備を促す。

東京電力の放射能汚染により全村民が強制的に避難させられた福島県飯舘村。村民により防犯、防火の村見守り隊が結成された。山間地特有の厳しい寒さの中、村を守っています。

――季語／冴え・季節／冬

【冴え】寒さの極まった感じで、冷え込むことをいう。月や星の光も寒々として、「月冴ゆる」「星冴ゆる」などという。

放《ほう》射《しゃ》能《のう》村《むら》見《み》廻《まわ》りの灯《ひ》の冴《さ》ゆる

西内正浩

にしうち・まさひろ（64歳／福島県南相馬市）

箱石里佐

はこいし・りさ（77歳／岩手県岩泉町）

再《さい》会《かい》の笑《え》顔《がお》に触《ふ》れし落《おち》葉《ば》道《みち》

四月に避難所へいらして優しい笑顔で励ましてくださったまどか先生が、御一行で再び訪ねてくださいました。道には敷き詰めたように落葉がありました。

——季語／落葉・季節／冬

【落葉】美しく紅葉していた木々の葉も、晩秋から初冬にかけてしきりに落葉する。その敷き詰めた道を「落葉道」といい、箒（ほうき）でかき集めて「落葉焚」をする。

八十歳の主人と仮設店舗で小学生の命名「みらいにむけて小本《おもと》商店会」で小商いをしております。皆々様のお優しさに心より感謝いたしております。

――季語／冬の鳥・季節／冬

【冬の鳥】雁や鶴など、一定の地域に、冬にのみ現れる渡り鳥も冬鳥だが、「冬の鳥」と言えば、冬に見かける鳥の総称で、種類の限定もない。

今日《きょう》も又《また》海《うみ》の道《みち》逸《そ》れ冬《ふゆ》の鳥《とり》

箱石旦

はこいし・あき（78歳／岩手県岩泉町）

子《こ》を包《つつ》む毛布《もうふ》一枚《いちまい》津波《つなみ》の夜《よ》

小出敏江
こいで・としえ（75歳／福島県南相馬市）

名取《なとり》の娘の家に津波がきました。幼稚園の二人の子を迎えに行けず、夜になり波が少なくなったので、下の子を毛布で包み、背負って行きました。

――季語／毛布・季節／冬

【毛布】防寒用寝具として用いられる。寝具の他にも、炬燵掛（こたつかけ）、膝掛などにもなる。

私は宮城県七ヶ浜町で生まれ育ちました。今回の震災で多くの知人を失うことになりました。津波の跡に佇《たたず》んだ時、まだ花をつけた草々が生き残っていました。この句は、胸から込みあがるように生まれました。（俳句は「小熊座」二〇一一年七月号に掲載）

――季語／名草枯る・季節／冬

【名草枯る】名のある草のことごとくが枯れ尽くすことをいう。冬も深まり、木も草もすべて枯れ果て、荒涼たる風景を呈する。

枯《か》れ残《のこ》る名《な》草《くさ》を供《く》花《げ》に津《つ》波《なみ》あと

小野豊

おの・ゆたか（52歳／宮城県七ヶ浜町）

天茉莉

てん・まり（49歳／福島県福島市）

オリオン座《ざ》見《み》上《あ》げて思《おも》う浜《はま》の友《とも》

浜通りに住んでいた友達は、現在は郡山市に避難しています。彼女は実家も嫁ぎ先も原発の二〇キロ圏内に家があって、まだいつ帰れるかわかりません。そんな彼女と再会出来る日はいつでしょう。

——季語／オリオン座・季節／冬

【オリオン座】凍てついた冬空に寒々とした光を放つ星で、中央に三つ並ぶ、日本の冬空を代表する星座。

大震災の春から夏・秋・冬と季節が移り、はや八カ月の月日が流れました。仮設の暮らしもだんだん落ち着いて、もとの暮らしが戻ってくる気がするこの頃です。この冬を無事乗り越えて、皆で佳き春を迎えたいものと念じております。

――季語／葛湯・季節／冬

【葛湯】葛粉にほどよく砂糖を入れて水で溶いたのち、これに熱湯を注いで混ぜると、透き通る糊のようなものができあがる。これが葛湯で、風邪をひいたときなどの滋養になる。

葛《くず》湯《ゆ》吹《ふ》く仮《か》設《せつ》の窓《まど》を曇《くも》らせて

早野和子

はやの・かずこ（81歳／岩手県岩泉町）

菊田島椿
きくた・とうしゅん（84歳／宮城県気仙沼市）

復《ふっ》興《こう》の仮《か》設《せつ》屋《や》台《たい》に燗《かん》熱《あつ》く

真っ暗な夜の港。飲食店組合の有志により仮設屋台村ができ、港の一角が灯るようになったのは十月末でした。教え子の一人がここで居酒屋を再開したので立ち寄り、酌み交わしました。私も被災の身、互いに励ましあって帰路に就きました。

――季語／熱燗・季節／冬

【熱燗】温めた日本酒のこと。五十度前後、もしくは好き好きで七十度、八十度にも熱して呑む。

泣くというのは感情があってできます。ただ呆然《ぼうぜん》と涙を流す自分を見直すために、喜怒哀楽の感情を戻すために、あえて「泣いちゃった」と書きました。復興を祈って。

――季語／行く年・季節／冬

【行く年】過ごしてきた一年の歳月をふり返り、愛惜の情をもっていう言葉。「行く春」「行く秋」などと同様に、歳月を心から惜しむ季語。

行《ゆ》く年《とし》や今年《ことし》はいっぱい泣《な》いちゃった

星空舞子

ほしぞら・まいこ（18歳／宮城県気仙沼市）

雪《ゆき》の夜《よる》ろうの光《ひかり》が輝《かがや》いて

首藤菜々

しゅとう・なな(10歳/宮城県石巻市)

さむくて暗い避難所にろうの光が輝いていました。その光があたたかくて、心にその輝きと、あたたかさが、のこっていることを書きました。

——季語/雪・季節/冬

【雪】雪の降る量は人々の生活に大きな影響を与えてきた。「粉雪」「雪月夜」「雪の花」など、雪に関する言葉は無数に生まれている。北海道、東北、北陸一帯には豪雪地帯が集中している。

毎年、年賀状の交かんをしている幼ち園のころのお友だちが、津波で亡くなってしまいました。津波の二か月前にもらった年賀状にはこう書いてあり、とても悲しくなります。

——季語／年賀・季節／新年

【年賀】年頭の挨拶をしたためた書状、年賀状のこと。明治三十二年に年賀郵便の取扱が開始されて以来、現在も年賀状のやりとりは盛んに行われている。

年《ねん》賀《が》には「こんどあったらあそぼうね」

首藤みう

しゅとう・みう（8歳／宮城県石巻市）

川端道子

かわばた・みちこ（80歳／宮城県石巻市）

書初《かきぞ》めはこの一言《ひとこと》に「ありがとう」

お正月の淑気《しゅくき》は仮設の四帖半にも溢れているようでした。ボランティアさんや地域の方の優しさが、身に沁みました。

――季語／書初・季節／新年

【書初】新年になって初めて書や絵を書くこと。

大震災による津波で、岩手の港は甚大な被害を受けました。津波でお亡くなりになられた方達に哀悼の意を捧げてから、瓦礫《がれき》処理作業の初仕事をする作業員達の姿勢に惹《ひ》かれました。

――季語／初仕事・季節／新年

【初仕事】各人が新年最初にそれぞれの仕事にたずさわること。

港《こう》湾《わん》に黙《もく》禱《とう》揃《そろ》ふ初《はつ》仕《し》事《ごと》

榊原康二

さかきばら・こうじ（35歳／岩手県盛岡市）

武田美和子

たけだ・みわこ（77歳／宮城県仙台市）

震《しん》災《さい》の爪《つめ》痕《あと》深《ふか》き去《こ》年《ぞ》今《こ》年《とし》

――季語／去年今年・季節／新年

【去年今年】去年と今年とが、一夜にして移り変わるのをいったもの。たちまちに年去り年来るという時の推移。

大震災から間もなく一年。津波の跡は今も生々しく、映像を見るたび心が痛みます。同じ被災地でも沿岸部と市街地とでは格差が大きくなっていることを実感します。故郷の復興を願ってやみません。（俳句は「宇宙」七十四号に掲載）

計画的避難区域に指定された福島県飯舘村《いいたて》は、阿武隈《あぶくま》高地にある人口六千人余りの小さな村です。飯舘は「日本で最も美しい村」にも選ばれるほど自然に恵まれた美しい村ですが、一方で時として山背《やませ》という季節風が冷害をもたらす厳しい土地でもあります。このような条件の中で、村は自立自給の持続可能な村づくりを一村上げて推進してきました。

村では「までい」をスローガンに掲げています。「までい（真手）」とはこの地方の方言で、「丁寧に」「心をこめて」「ゆっくりと」という意味です。飯舘村は「までい」の精神をもって独自の村づくりを展開してきました。「愛の俳句募集」もその一環で、私は選者を務めたことがきっかけで、十年前から村とのお付き合いが始まりました。

飯舘は、平成の大合併にも応じず、さまざまな知恵を使ってまでいにまでいに村づくりをしてきたのです。原発どころか木質バイオマスなど再生可能エネルギーの導入を積極的に進めていました。その矢先の震災でした。「までい」の村は一瞬にして放射能に汚染されてしまったのです。

四月、私は真っ先に飯舘村を訪ねました。村は以前とまったく変わらず長閑《のどか》で、愛の句碑が立ち並ぶ〝あいの沢〟には、水芭蕉が咲いていました。ただし、村を歩く人の姿はまったく見かけませんでした。そして村役場に着いた時に目にしたのが山と積まれたペットボトルの水でした。飯舘にはいくつも水源があり、本来水が豊かな村です。夥《おびただ》しい数のペットボトルに、あらためて飯舘村の現実を見たのです。

菅野村長が振り絞るようにおっしゃった言葉が忘れられません。「放射能という目に見えないものを相手に、どう闘っていったらいいのか……。何と闘っているのかさえわからないのです」。私などには到底想像が及ばないほどの苦悩を抱えていらっしゃることでしょう。あんなに愛情を注ぎ、情熱を傾け、知恵を結集して〝までい〟に育ててきたこの美しい村を去らなくてはならないのです。しかし、菅野村長はじめ村の皆さんがこれまで村に注いできた深い愛情と情熱、知恵と辛抱強さがあれば、きっとこの困難を乗り越えることができると思うのです。

飯舘村をよく知る人がこんなことを言いました。「きっと神様は飯舘村を選んだのです」。

今世界中が、日本を、福島を、そして飯舘村を見ています。世界が直面しているこの原発災害を克服し、飯舘村が世界の見本となるような復興を遂げる日が来ることを信じて、これからも少しでもお役に立つことができればと思っています。

無季の俳句

千葉真秀

ちば・まさひで（58歳／宮城県石巻市）

津《つ》波《なみ》よ津《つ》波《なみ》よ私《わたし》は鳥《とり》になりたい

震災で亡くなられた人たちの無念を思います。その人たちのためにこの詩を書きました。

――季語／無し

子どもとは私のいとこです。電気がつかない中、手をあたためました。

——季語／無し

震《しん》災《さい》で母《はは》とあたため子《こ》どもの手《て》

高田朱莉

たかだ・じゅり（17歳／岩手県宮古市）

＊東北歌枕をめぐる旅

二〇一〇年四月から一年間、文化庁の派遣事業でパリを拠点に俳句発信の活動をした。5区に借りたアパートの近くには植物園があり、八重桜や萩なども植えられているので、時間ができると足を運び花を愛でた。不思議なことに、パリのど真ん中にいるにもかかわらず、桜を見ては西行の歌を、萩を見ては芭蕉の句を思った。それらは七・五調の心地よい調べと共に、日本の情趣に私を誘い、異国でのくらしを慰《なぐさ》め、活力を与えてくれた。

日本の詩歌には歌枕の伝統がある。歌枕とは古歌に詠み込まれた名所旧跡のことで、筑波山や白河の関、吉野山など、古くは万葉の時代から詠み継がれている。能因法師や西行のように実際に歌枕に足を運んで詠んだ人もいるが、多くのいにしえ人たちは歌を手掛かりにまだ見ぬ歌枕の地に思いを馳せ詠じた。テレビもパソコンもない時代のこと。人々は歌に紡がれた言葉だけを頼りにイメージを膨らませ、未踏の地に心を遊ばせたのである。実際の風景の上に、古歌や人々のイメージが積み上げられ、見えない世界が重層的に存在する。歌枕の旅とは、空間移動だけでなく、時間移動の旅でもある。

また歌枕には、その土地ならではの花鳥風月が詠み込まれる。吉野の桜や龍田川《たつたがわ》の紅葉、宮城野の萩、松島の月などがそうである。私がパリでセーヌの風に揺れる花を見て日本を偲んだのも、自然を媒介に日本の古歌や歌枕に思いを馳せ、日本情緒を手繰り寄せることができたからだろう。

松尾芭蕉の「おくのほそ道」も、歌枕の旅の系譜にある。芭蕉がみちのくへと旅立ったのは、元禄二年（一六八九年）三月二十七日。みちのくは敬慕してやまない西行が辿った歌枕の地だ。芭蕉は西行五百回忌のその年に、ゆかりの歌枕をめぐり、西行の歌を下敷きに俳句を詠み、捧げた。歌を通して西行と心を通わしたのだ。

私が東日本大震災のニュースに接したのは、まだパリ滞在中のことだった。地震の数日後、宮城で被災した若い友人から一通のメールが届いた。「瓦礫《がれき》の街に、美しい星空が広がっています。僕がこれまでの人生で見た中で、最も美しい星空です」。

日本人は古来自然を尊び共生してきたと言われるが、どんな状況にあっても自然に寄り添い、星を美しいと仰ぐ姿に、あらためて日本人の自然観を見た思いだった。阪神淡路大震災の折もたくさんの俳句や短歌が被災地で生まれた。人々は詩を紡ぐことで救われ、また生まれた詩が人々を支えたのだ。まだ食べるものも、着るものも、住む家さえ整わない中、自然を敬い、詩を詠もうとする日本人はなんと崇高なのだろう。

四月、帰国して真っ先に被災地へと向かった。俳句が何かの役に立てばと思い、私自身が励まされたり慰められたりした古今東西の俳句を集めた自著を携え、福島、宮城、岩手と避難所をめぐった。それは同時にかつて「おくのほそ道」の取材で訪れた美しい歌枕の地の無惨な姿を目の当たりにする旅でもあった。あれから五カ月、避難所で出会った人たちは、みちのくの歌枕はどうなっただろう……。

あやめ草足に結《むすば》ん草鞋《わらじ》の緒

と、芭蕉が詠んだ仙台を起点に、今回の旅が始まった。芭蕉が宮城野に着いたのは端午の節句の頃だったので、有名な宮城野萩を見ることはできなかった。それでも「宮城野の萩茂りあひて、秋のけしきおもひやらるゝ」と、萩の花盛りを心に描く。

残念ながらこの旅も、萩の花に少し早かった。「萩の咲いている場所を知りませんか?」

萩の花を求めて行く先々で訊《たず》ねて回る。芭蕉が安積山《あさかやま》で「かつみ、かつみ」と花かつみを求めて夕暮れまでさまよったエピソードを再現しているかのようだ。歌枕の旅とは、まぼろしを追う旅でもある。

萩の花を諦《あきら》め、多賀城市へと向かう。

契りきなかたみに袖をしぼりつつ末の松山波こさじとは　清原元輔

歌枕の〝末の松山〟は、八六九年東北地方太平洋岸で起きた貞観《じょうがん》の地震の折も津波が越えなかったことから、あり得ないものの象徴として歌に詠まれてきた。

末松山宝国寺の本堂の脇を通って石段を上がると、見事な亀甲《きっこう》を刻んだ老松が二本立っていた。この小さな丘が〝末の松山〟である。背丈を僅《わず》かに違《たが》えた松が、連理の枝を交し夫婦のように寄り添う。この辺りは東日本大震災でも津波に襲われた。よく見ると、家々の塀には津波の跡が生々しく残っている。しかし、今回も津波が〝末の松山〟を越すことはなかった。心変わりなどあり得ないと涙で誓った元輔の思いは、今も歌枕で生きているのである。

多賀城は奈良時代初期に置かれた大和朝廷の国府で、『万葉集』を編纂《へんさん》した大伴家持《おおとものやかもち》も赴任している。多賀城址《し》にある〝壺の碑《いしぶみ》〟は歌枕で、芭蕉はこの碑を見て「行脚の一徳、存命の悦び……」と涙した。山は崩れ、川は流れを変え……時は移り、世は変わっても、千年の時を越えて壺の碑にまみえたことに、旅の苦労も忘れるほど芭蕉は感動を覚えたのだった。変わっていくものと変わらないもの。この旅の後で芭蕉は「不易流行」を説くが、その着想は旅で実際に見聞したものにあったのだろう。

多賀城市から石巻へと向かう。芭蕉が訪れた時、石巻は水運の要所として栄えていた。「数百の廻船、入江につどひ、人家、地をあらそひて、竈《かまど》のけぶり立ちつづけたり」。震災以前に何度か石巻を訪ねたことがあったが、日和山から眺める景色は、まさに芭蕉が見た景色そのものだった。しかし、四月に石巻を訪れた時、日和山から見た景色は一変していた。石巻では、いくつかの避難所を訪ねたが、その中に寺子屋のようなことを始めた所があった。責任者の太田美智子さんの話では、子供たちから「俳句を作りたい」という声が上がっているという。私は持参した拙著と短冊を太田さんに託した。

五カ月ぶりに太田さんを避難所に訪ねた。当時百八十人近くいた被災者の方は、二十五人になっていた。「ちょうど黛さんに手紙を出そうと思っていたところです」。太田さんは、毎朝朝礼で、拙著の中から一句ずつ読んでくださっているそうだ。「一句一句にどれほど慰められ、励まされたかわからないのですよ」。そして子供たちが作った俳句を見せてくれた。俳句には避難所での花見のことなど、明るく前向きな言葉が並んでいて、居合わせた人々を和ませた。

夕刻、鹽竈《しおがま》神社に着く。塩竈も津波に襲われたが、高台にある鹽竈神社に逃げて助かった人が多いという。二百二段の階《きざはし》を上ると、社殿の前に、文治三年（一一八七年）に、和泉三郎が寄進した一対の鉄製の宝燈があった。桜と樹齢五百年の多羅葉《たらよう》の木を従え今も堂々と建つ。和泉三郎忠衡《ただひら》は平泉の藤原秀衡《ひでひら》の三男。父の遺言に従い、兄二人に逆らって最後まで義経に味方し、義経と共に命を落とした。「おくのほそ道」は、義経鎮魂の旅でもあった。

鹽竈神社のすぐそばにある「すし哲」で夕食をとることになった。この店も二メートルを越す津波に襲われたが、五十日後には再開を果したという。店に入ってすぐ目に飛び込んできたのは、カウンターに並ぶ薔薇色の鮪《まぐろ》だ。この夏塩竈港で揚がったという。「鮪は夏の花形だからね！」と満面の笑みでご主人。昨年の夏は一匹も獲れなかったというから喜びも一入《ひとしお》だろう。津波をかぶったという酒樽の酒も振る舞われた。一つ一つが震災を乗り越えてきた味だ。復興の確かな足音を聞いた夜だった。

六月、震災後の東北に吉報が入った。平泉が東北初の世界文化遺産に登録されたのだ。平泉は十一世紀中期、前九年の役・後三年の役を経て、奥州藤原氏によって治められ、四代およそ百年間にわたって繁栄した。戦によって父そして妻子を亡くした初代清衡《きよひら》は、仏教による平和な世を築こうと中尊寺を建立。父の志を継いだ二代基衡《もとひら》、三代秀衡によって、毛越寺や無量光院が建立され、平泉全体が仏教を軸とした浄土思想の国となったのである。

五月雨の降《ふり》のこしてや光堂

芭蕉が詠った金色堂には藤原四代の遺体が納められている。螺鈿《らでん》や金細工、漆の蒔絵などをふんだんに使った堂内の装飾は、壮麗且つエキゾチック。当時の繁栄ぶりを窺《うかが》わせるだけでなく、都とは一線を画した独特の文化がこの地に育まれていたことがわかる。

北上川に面した丘陵に建つ高館《たかだち》は、源義経終焉の地だ。幼少期を平泉で過ごした義経は、平家滅亡後兄頼朝に追われ、藤原氏を頼って再びこの地にやって来る。高館は秀衡が義経に与えた居館である。しかし秀衡が亡くなると、息子の泰衡《やすひら》は、ついに頼朝の圧力に屈し、文治五年（一一八九年）四月、高館に義経を攻め、自害に追い込むのである。しかしその泰衡も謀反人を匿《かくま》っていた咎《とが》で頼朝軍に攻め込まれ、同年九月、奥州藤原氏は滅亡する。

夏 草 や 兵《つわもの》 ど も が 夢 の 跡

多くの戦の場となった衣川《ころもがわ》流域の野で、兵たちの夢を偲んで涙を流した芭蕉であった。今もこの辺りは夏草に覆われ、佇むとたちまち草いきれに包まれる。何も知らなければただの草原《くさはら》だが、歴史や古歌を知っていれば、兵たちの夢にさらに芭蕉の句が重なり、特別の場所となる。

タクシーの運転手さんに、和泉《いずみ》城跡に連れていってほしいと頼むと、長いドライバー人生の中で二度目のリクエストだと笑った。和泉城は、鹽竈神社に宝燈を寄進した和泉三郎忠衡の居城で、現在は私有地になっている。

　衣川に架かる小さな橋の手前で車を降り、田畑に囲まれた小高い丘を遠くから眺めた。この丘に和泉城は建っていたという。「おくのほそ道」に書かれた通り、城の周りを衣川がめぐるように流れている。義経に忠節を貫き死んだ忠衡の夢はなんだったのだろう。兵どもの夢を語るかのように、昼の虫が絶え間なく鳴いていた。


　東北の歌枕をめぐる旅の最後に、福島県を訪ねた。福島には〝信夫《しのぶ》〟や〝白河の関〟〝安積山〟など多くの歌枕があるが、今回はそれらの歌枕をすべて飛ばして、原発事故で計画的避難区域に指定され、全村避難を余儀なくされた飯舘《いいたて》村を訪ねた。

　飯舘村は、阿武隈高地にある人口六千人余りの自然に恵まれた美しい村だ。平成の大合併にも応じず、自立自給の持続可能な村づくりを推進してきた。村では「までい」をスローガンに掲げている。「までい（真手）」とはこの地方の方言で、「丁寧に」「心をこめて」という意味。そんな村が一瞬にして放射能に汚染されてしまったのだ。

　既に九九％の人が村外へと移った飯舘村は、田畑と牧草地、空き地の区別がつかないほどに草が茂っていた。この夏草にもまた人々の夢が置き去りになっている。しかし、家々の庭には、槿《むくげ》、百日紅《さるすべり》、コスモス、萩などが美しく咲き、ついこの間まで暮らしがそこにあったことを告げていた。

十年程前、村では〝あいの沢〟という地名に因《ちな》んで〝愛〟の俳句を募集し、あいの沢の池の畔に二五〇余句の碑林をつくった。

放たれし牛の人恋ふえごの花

在りし日の部屋そのままに籐寝椅子

（飯舘村「愛の句碑事業」入選句より）

震災後の今、句は別の意味を含んで何かを訴えかけてくるようだ。

山林が全面積の七五％を占める飯舘村では、放射能の除染が思うように進んでいない。しかし世界が直面しているこの原発災害を克服し、飯舘村が世界の見本となるような復興を遂げる日が来ることを私は信じている。そしてこの地があらたな愛の歌枕となることも。

この旅で、歌枕がさまざまな天変地異、不易流行を経て、現在に至っていることをあらためて思った。詩歌もまた風雪に耐え、読み継がれる中で、より深いあらたな解釈を得て今の世に問いかけてくる。歌枕の詩歌を、置き手紙だと言った人がいる。昔の人からの手紙を受け取り、さらに自分もそこに手紙を残す。いつかその手紙を受け取った人が、あらたに手紙を残していくことだろう。歌枕で歌を詠むことは、過去とつながるだけでなく、未来ともつながることなのだ。古歌は、今尚私たちにさまざまなことを伝え、心の支えとなっている。私たちが今紡いでいる言葉は、未来の人たちにどのように響くのだろうか。

をちこちに花野を展《の》べて村の黙《もだ》　　まどか

啓開対談

満天の星、満開の桜

○森村誠一・黛まどか

啓開（けいかい）＝被災地に道を通すこと

✧阪神淡路大震災の苦い体験から✧

森村誠一（以下、森村） 黛さんが被災地に行かれたのは震災後間もなくでした。大変だったでしょう。

黛まどか（以下、黛） 四月二十二日から四泊五日で、福島県飯舘村・相馬市・新地町、宮城県石巻市、岩手県野田村・岩泉町・山田町と、十数カ所の避難所を回りました。震災発生直後に、たまたま先生と初めて雑誌の対談をさせていただいたんでしたね。

森村 そうでしたね。「こんなときこそ、わたしは俳句の力を信じます」と黛さんの言葉を聞いて、はっきり言って憎らしかったね。この人、凄いと思った。

黛 私はそう信じていましたが、でも迷惑なんじゃないか、自己満足じゃないかとの思いもありました。「行く」とは決めたものの、迷いもありました。あのときの先生の言葉が、私の背中を押してくれたんです。「(行くことに)後ろめたさを持ってはいけない」、「きっとすでに俳句を作っている人もいるだろうから、短冊を持って行きなさい」と。

森村 黛さんなら大丈夫だと思ったからね。存在感あるし。

黛 あり難いご助言でした。

森村　じつはね、私には阪神淡路大震災の苦い体験があるのですよ。神戸市役所センター合唱団からの依頼で、震災をテーマに詩を書くことになった。この合唱団は、小説『悪魔の飽食』を音楽にした、縁の深い合唱団です。「震災をテーマに」は私の発案だった。その詩を私が書くことになってしまい、逡巡《しゅんじゅん》しました。というのも、被災現場を見てしまったら鎮魂組曲の詩は書けないと思ったからです。

サリドマイド児の出産シーンを小説に描いたとき、発表後結成されたある団体から抗議を受けました。こんな現実を小説にするなんて、こんな酷《むご》いことは人として許せないと。私はそのシーンはまったくの想像で書いた。私にとって現実ではない。でも、信じてもらえなかった。「見てもいないのにこんなふうに書けるわけがない」と。

私が「見ると書けない」と言うのはこのことです。実際に見たら、詩にするなんて残酷なことはできない。阪神淡路大震災でその思いは強固なものとなり、膨大な資料を送ってもらって、原案を構築してから神戸に行きました。私は震災直後の現地を見ずに書いてしまった。その後、神戸の鎮魂組曲は国内外で演奏されています。でも、このときのことを内心、後悔していたのです。見たら書けなくなるかどうかなんて、行って見なければわからないでしょう。なんで直後に行かなかったのだろう、と。この思いが作家として後の人生の負債になってしまった。自分が卑怯《ひきょう》な人間である気がした。大震災の鎮魂の詩を書きながら、食卓で夕食を食べ、温かい湯につかり、柔らかい布団で寝た。そんな自分がとても恥ずかしかった。なので、黛さんから話を聞いたとき即座に、「あ、悪いけど代わりに行ってもらおう」と思った。

黛　え？「代わり」ですか？

森村　そう。ぼくの債務を背負って行ってくれ、という気持ちであなたの背中を押した……。黛さんならまだ若いし、俳句だったら現場を見て書けなくなるということもないだろう、きっと大丈夫だと思った。わたしなどは体力ないけど。

黛　その信頼に背中を押していただきました。

✧語りかけから俳句が生まれる✧

森村　気持ちが落ち込んでいるところに黛さんが来たのだから、被災した方々は、存在だけで救われたでしょう。おそらく俳人被災地一番乗りでしょう、まさに先駆（句）者です。

黛　短冊と拙著『あなたへの一句』を持参しました。自分自身が辛かったとき、励まされ慰められた古今東西の俳句を集めた編著です。避難所の状況はまちまちした。

森村　恵まれた条件の避難所と、そうでないところとあったでしょうからね。「何しに来たんだ」という目を向けた人もいたでしょう。そもそも、避難所で俳句の本と短冊を配るなんて、よほど勇気がないとできない。

黛　かつて私が励まされた一句が誰かの支えになれば、との一念でした。挨拶をしながら一部屋ずつ回りました。いらないというところもありましたが、「いま一番欲しかったのは活字だったんですよ」と言って、喜んで受け取ってくださる方もいました。

石巻のある避難所では、四月半ば過ぎても学校が始まらないので、リーダーが中心になって、寺子屋のようなことが始められていました。「ちょうど子どもたちから『俳句を作りたい』という声があがったところなんですよ」と言われました。その後、朝礼で『あなたへの一句』に収録された俳句を一句ずつ、毎朝読んでくださったそうです。

森村　そうやって一人一人に語りかけて、少しずつ黛さんのもとに俳句が集まって、この本が生まれた。ここに収録された俳句は衝撃的です。インパクトが凄い。

黛　改めて俳句の力を思います。

森村　俳句も凄いがまどかさんも凄い。「俳句の力を信じる」とおっしゃった通りでしたね。

✧体験の向こうにある真実を共有✧

黛　九月にもう一度、取材でその避難所を訪ねました。リーダーの方からは、「俳句って一人一人の心にぴたり寄り添うのですね、どれほど慰められたかわかりません」と言われました。子どもも大人も、生まれて初めて作った俳句を短冊に書いて、たくさん見せてくれました。

森村　心をしっかり摑んで詠んでいて、力のある作品が多い。震えるほどいい俳句がある。

黛　私自身としては結局、現場を見たことで俳句が詠めなくなったということはありませんでしたが、皆さんの句に触れて、安易には詠めないという戒めが強くなりました。

森村　こちら岸に立って対岸の被災状況を詠うことに一種のコンプレックスは生まれますよ。被災者と非被災者とでは距離がありますから。でも、同化する必要はない。たとえばボランティアの鉄則は、「溺れた人を助けるために溺れてはいけない」です。つまり、むしろ同じ立場に立ってはいけないんです。

黛　同化すると詠めなくなるという先生のお話もわかります。出発前、先生からは、

「しょせん同じ立場になれない」とも言っていただいた。でも、まだ作句の上での自分の立ち位置がわからないのです。被災者が詠むことと、被災者でない者が現場に立って詠むことでは、大きな違いがあるのではないかと……。

森村 後ろめたさはどうしても残りますね。我々は被災していないから、本当の痛みはわからない。でも、そのわからないところで、わかったような句を作らなくてはいけない。これはとても難しい。同化しなくては書けないが、同化してはいけないという矛盾に耐えて作るのですよ。

黛 表現者にとってこの震災は、大きな問いかけとなったと思います。ともかく、この時代に生まれ、この震災を目の当たりにした。安易には作れませんが、避けてもいけない。

森村 文芸のよさは虚構にある。虚構の中に真実を当てはめていく。俳句も虚構でいいのです。芭蕉の「一家に遊女もねたり萩と月」も「荒海や佐渡によこたふ天河」も虚です。虚の中に実を詠うのが俳句の力。被災者たちのこのおびただしい俳句は、すべて真実の中に真実を詠んだ。だから凄い。せめて被災の現状に向き合って、一〇〇パーセントは無理だけど、八〇パーセントくらいは被災者の気持ちになって、被災を理解して詠もうという姿勢が必要なのです。

黛　そうですね。被災はしていなくても、私も人として、生きる命の尊さには向き合っているつもりです。直接体験したことの向こうにある真実を共有して表現していきたいと思います。

✧人間は、生存状態になっても文芸を求める✧

森村　今回、わたしは認識を改めました。いま、若手作家たちが「言葉の無力を知った、震災で書けなくなった」と言う。それは違うと思う。以前はわたしも、人が生活状態から生存状態となった場合、必要なのは水と可食物であって、文芸は不要だと思っていた。ただ生存状態はそう長くは続かず、瞬く間に生活状態にアップグレードする。そのときに文芸が必要になってくると考えていた。でも、そうではない。人間は、生存状態に陥ったとしても文芸を求めるんですね。言葉、文芸の力ですね。とくに俳句です。俳句は人や場を選ばない。それを今回、黛さんの行動を通じて知りました。

黛　いまほど言葉の力を試されていることはないですね。俳句は逆境に強い。

森村　ただ、文芸ばかりではないですよ。女性の場合は生存状態にあっても「化粧品をください」という。生きるか死ぬかの瀬戸際にあっても、自分をいかに美しく装うかに心を砕くのは、女性の本心なんだと思う。

黛　岩泉の避難所でのことです。八十歳くらいでしょうか。女性が「何もかも失って、今はむしろ清々しい気持ちです」とおっしゃったんです。その方はもともと俳句をなさる方です。

森村　俳句や短歌はそういう力がありますね。

黛　晩秋の岩泉を再び訪ねたときに、この女性と再会しました。「清々しい」とおっしゃったあのときのお言葉、忘れられません、と私が言ったら、「じつはあれは、少し強がりでもあったんです」と言うのです。「で、本音ついでに今だから言いますが、〝俳句でエール〟ということで黛さんがいらっしゃったけど、じつは最初、俳句でエールなんて無理だと思っていたんですよ。これだけの被災をして、俳句でエールなんて送れるかしら、心中ではそう思っていました。会いに行ってみよう、くらいの気持ちで会場に行ったんです。ところが、いただいた一句を読んで、一瞬にして希望の光が差したんです。俳句をやっていて本当によかったと思いました」と。

森村　俳句はどんなテーマでも、環境でも、それなりの感動と共鳴を伴って作品が成立する。どんな絶望のどん底も、虚無も、句材、句境にしてしまいます。小説はそういかない。言葉の無力感に打ちのめされて、書く意欲を失う。つまり、離着陸できなくなる。俳句はどこでも離着陸できるから、こういうときにも力を発揮しますね。

黛　被災者の皆さんに、「いま一番のご不自由ってなんですか」と訊ねたら、ややあって、「何もないですねえ」と答えられました。「ただただ、感謝の日々です」と。言い出せばきりがないくらい不自由はあるに違いないのですが、そのとき、本当に満ち足りた表情をされていました。被災していない、物に溢れた暮らしをしている人のほうがよほど不満な表情をしていると、自戒を込めてそう思います。「亡くなった方には申し訳ないですが、あり難いです。津波は何もかもを持って行ったけれど、大事なことを残して行ってくれましたから」ともおっしゃっていた。いま東京で暮らす若い人たちにこういうことが言えるでしょうか。

森村　言えないでしょうね。

黛　私も自信はありません。たぶん、行政への不満を口にし、なぜ自分だけが、という思いでいっぱいになってしまうと思います。

✧蕎麦は救荒食、俳句は救荒文芸✧

黛　震災直後の自衛隊の働きは大きな役割を果たしました。ふと思ったのですが、自衛隊に俳句を作る方はいるのでしょうか。

森村　どうでしょうね。自衛隊員の任務は過酷です。隊服は幾日も洗えない、入浴できないから臭いの染み付いた体を清めることもできない。精神的な打撃は大きい。夜、みんなして声を出して泣くという話を聞きました。そうすることで精神のバランスを保つらしい。自衛隊員にこの本を渡すといい。黛さんとともに俳句を詠んでもらうといいですよ。

黛　詠むことによって体験が浄化されることもあります。まさに「防人のうた」ですね。

森村　現地を担当した部隊の方々と黛さんが句会をしたら、未開拓のいい作品がたくさん生まれることでしょう。黛さんは女性ですから、彼らと現場を共有する必要はないんです。こういう任務には、はっきりと男女の区別がある。過酷な仕事は男に任せておけばよい。

黛　男女の役割以外にも、震災を通じてあらゆるジャンルで分担が明確になりましたね。医療や食糧配給の役割、輸送は輸送の、音楽は音楽の、それぞれの役割を懸命に果たそうとしましたし、同様に小説、短歌、俳句も役割を自覚して、誠実な発信に努めたのではないかと思います。

森村　餅は餅屋でね。とくに俳句は救急処置として向いていましたね。ところで、蕎麦は「救荒食」と言われます。どんな痩せ細った土地にも根付くためです。蕎麦と俳句は似ていませんか。俳句は「救荒文芸」と言ってもいい。

黛　万葉の昔から日本人は、漁《すなどり》をしながら田を耕しながら、草を引きながら機《はた》を織りながら、厳しい環境の中で深呼吸をするかのように歌を詠ってきました。蕎麦のような逞《たくま》しさを日本の短詩はもっています。庶民の暮らしに根付いているのが俳句ですね。

森村　万葉の精神を受け継ぎつつ、しっかり人々の心に根付いている。小説にも短歌にも、音楽にもないミステリアスな力が俳句にある。選ばれた人だけの文芸ではない。俳句は王宮ではなく庶民の産物ですから。

黛　誰でも今日から始められる。

森村　どんな人でも、どんな素材でも、巧拙問わず詠めて、そこには必ず人間性の真実が籠もります。そして恐らく、上達も早いのではないでしょうか。

✧被災者の俳句から　I✧

黛　地震と津波で何もかもを失ってしまった人たちの詠んだ一句がいま、私たちの心を励ましてくれます。

身一つとなりて薫風ありしかな　佐藤勲（岩手県野田村）

森村　この句は凄い。震えました。絶望のどん底にいながら、いっさいの言い訳も、言い逃れもしていない。優劣を超越しています。

黛　俳句には負を正に転ずる向日性がありますが、象徴的な一句です。

森村　災害をマイナスと受け止めているところから作品は生まれない。どん底から立ち上がるエネルギーが不朽の名作になる。後世、似たような災害に見舞われたとき、この句は必ずや手本となることでしょう。かつて被災者はこうして立ち直っていったというお手本です。昔もこういう局面で、こんな句を詠んだ人がいると人々は思うはずです。災害文化といったら被災者に叱られそうですが、この句は文化です。芸術は幸福より不幸をテーマにしたほうが名作となる。ピカソのゲルニカにしても、人間にとっては災害以外のなにものでもないところから、文化が生産される。

黛　この句、歴史に残るのではないでしょうか。初めてこの句に出会ったとき、そう思いました。鳥肌が立つような感動を覚えたのです。

森村　私もですよ。

黛　思いはなにも言っていない。でも、被災の現実、震災のすべてが、たった十七音に凝縮されています。「ありしかな」と言い切ったとき、自分の中でも覚悟ができます。あらゆる思いは浄化され、心の向きが変わる。俳句の断定の力が働くと思います。そして、震災の後も自然への信頼が少しも揺らいでいないことがわかります。初夏の薫風に命のありどころを確認しているのです。

　棺の人置いて逃げよと原発忌　山﨑カツ子（福島県南相馬市）

森村　この句にも震えが来ましたよ。阪神のときもそうでした。「助けて」という声を聞いたとしても、救助は生きられそうな人を優先するんですね。鬼にならなくては災害発生直後の救援活動などできない。納棺された人は自分の配偶者、両親、あるいは子どもでしょう。どういう気持ちで逃げたんだろう。肉親の棺を置いたまま逃げなくてはならないなんて。放射能のように、目に見えないものの脅威によってこのような酷い事態に追いやられるなんて、いたたまれません。

黛　こういう句もまた、残して伝えていかなければいけないですね。

森村　負の文化遺産ですね。

黛　このような状況下で詩を詠む民族は尊いと思うのです。震災発生時、秩序正しく行動した日本人の美徳が讃えられました。星空を仰ぐ、自然を愛でる、詩を詠む、自然と共に生き、他の命を詩に讃えるという日常の生き方が、あのときの折り目正しい行動に結びついてはいませんか。

森村　日本人のいいところですね。アメリカは多様な人種の集合体で、他人を信じませんからすぐに暴動が起きる。日本にも少数民族が加わってはいますが、暴動は起きない。運命共同体的な哲学があるんです。

まんかいのさくらがみれてうれしいな　阿部竜成（岩手県山田町）

黛　岩手県山田町の避難所で受け取った俳句です。皆さんが集まっていた場所で短冊をお渡しすると、最初は年配の人たちが中心に作りはじめ、やがて子どもたちも集まってきました。そのうちの一句です。山田町はこのとき桜が満開でした。明らかに津波を被ったであろう海辺の桜が見事に咲いていました。津波の後に火事もあり、まだ町全体に焦げた臭いが燻《くすぶ》っていました。この子は津波や火災を乗り越えた。桜も自分と同じようにそれらを乗り越えた。そうして咲いた桜を見ることができて、本当に嬉しかったんでしょう。「うれしいな」と、これ以上の実感はないと思います。それでなくても東北の人にとって桜が咲くこと、春の到来の喜びはひとしおだと思うんです。子どもらしい素直な句ですが、背景を考えると、子どもらしいなどとは言えない凄絶な一句でもあるのです。

森村　学生時代、私は三陸沿岸を一人、リュックと寝袋を背負って歩きました。バスと電車を乗り継いで古跡を訪ねたのです。ですから共感しますね。ストレートでいい句だと思うと同時に、目頭が熱くなった。被災しなければこういう句は作らなかったでしょう。小学生が桜の花を見て感心する以外、なにもなくなってしまった。

黛　いつもの年なら桜の美しさなどには心を留めず、その下をわ〜っとみんなで走り過ぎていたかもしれないですものね。

✧被災者の俳句から　Ⅱ✧

避難してがらんどうなる夏座敷　荒コフ（福島県飯舘村）

黛　計画的避難区域に指定された飯舘村の方の句です。原発から距離があるにもかかわらず、風向きが悪くホットスポットとなって、村を離れざるを得なくなり、全村避難で九九パーセントの方が村を出ました。飯舘村ほど不条理を感じることはありません。九月に再訪したときにはもう、村に人っ子一人いなくて、私などには牧草地と農地の区別もわからず、まさに芭蕉の「夏草や……」でした。人が離れるということはこういうことなんだと思いました。一時帰宅をされた折の句だと思います。

森村　どんな災害でも「飛び火」を受ける人たちが必ずいます。補償もとれない、救済策もない。今回の原発事故では飯舘村がまさにそうですね。

原発忌この牛置いて逃げられず　西内正浩（福島県南相馬市）

森村　人間はあまりに悲しいとき、悲しみを我慢しないで泣く。泣くことでストレスを解消し、自分自身を守る。この句によって作者の心は、もしかしたら悲しみから逃げることができるかもしれない。泣くことの代わりを作句が果たすのではないか。

黛　この句の作者が中心となって「原発忌」を季語に提案されています。この日を忘れないために、未来のために季語として定着させようと、地元の新聞にも寄稿しておられました。三月十二日、水素爆発の日をもって原発忌に、ということです。

秋夕焼泣ききたきことは漢《おとこ》にも　佐藤勲（岩手県野田村）

森村　〈身一つとなりて薫風ありしかな〉と同じ作者ですね。素朴に響きます。

黛　被災者でなくとも男性はみな共感することでしょう。自分の泣きたいことなんて、この人に比べたら大したことないと、思えると思います。漢の嗚咽《おえつ》を秋夕焼が受け止めています。

故郷はやはり磯の辺新松子　早野和子（岩手県岩泉町）
津波逝く大海原も空も夏　〃

黛　この作者には避難所でお会いしましたが、こんなに恐い思いもしたけれど、やはり海辺に住みたいと。句の底にふるさとへの愛と感謝の気持ちが流れています。

森村　まっすぐな心がいいですね。

夕焼けの空を供華とし津波跡　小野とめ代（福島県新地町）

森村　「自衛隊の片付けもすみ……」と、添え書きにありますから、瓦礫《がれき》に対する愛惜を詠んでいるのですね。

黛　震災直後に見た、家が壊れた様も凄まじかったですが、秋に見た、なんにもなくなってしまった光景もまた、凄まじかったです。夕焼けを供華として……とはやり切れない状況です。捧げる花もないのですから。

森村　愛着や未練の残る瓦礫が片付けられることも被災者には悲しい。被災した証拠がなくなるわけですから。あの中には大切なものがたくさん入っている。

黛　瓦礫って一言で言ってしまっていますが、人生のすべてなんですよね。それが原型をとどめていないだけで。

森村　我々が普通に使ってしまっている「瓦礫」という言い方は、本当はとても失礼な響きなのかもしれません。

黛　小さな言葉への配慮から、被災者と非被災者の違いが出るものです。悪気もなく使っている「瓦礫」という言葉が、じつはとても残酷だったりする。

森村　ほかに言いようがないから使うけれど、瓦礫と言ってもそれは、人生の結晶が砕けたものです。

七夕や避難解除を願うだけ　横田鬼一（福島県川内村）

黛　大人も子どもも、思いは一緒でしょう。家はあるけれど帰れない。この状況は、津波の被災者とは違います。一口に被災地・被災者と言っても、置かれた状況はそれぞれ違う。

森村　本当にそうですね。

ブランコの揺れも消え果て遊園地　古山シツエ（岩手県野田村）

森村　遊園地自体なくなってしまったんでしょうね。

黛　そうですね。なんにもない光景をこのように詠んだのですね。思い出の中のブランコが揺れているだけ。

森村　小説も俳句も音楽も、受け取り手がいるから創作されます。トルストイやベートーベンやシューベルトも、無人島にいたら小説や曲など作らず魚か貝を採って暮らしたことでしょうね。この人たちも、黛さんという受け取り手がいるから句を詠んだのでしょう。

黛　本当に困ったとき、辛いとき、俳句がとても役に立つということに、日頃は気がついていないんです。この本に収録した句のうち春・夏・秋・冬から一句ずつ、東日本鉄道文化財団の協力を得て、ＪＲ東日本の一部電車内のトレインチャンネルで紹介してもらいました。ずいぶん多くの方から反響がありました。

被災地をまっすぐ照らす月明かり　森美紀子（宮城県気仙沼市）

森村　この句も好きですよ。遮蔽物《しゃへい》がないんですよ。つまり、みんな倒壊したか、流されてしまった。樹木も建物も。読み過ごしがちな、さりげない句ですが、空間を詠んでいるようでいて、時間軸が凝縮されている。この月明はかなり荒涼たる光のはずです。

黛　気仙沼は津波の後、火災もありました。この句、〝まっすぐ〟という表現に明るさと力強さがあります。

森村　そう。暗くないね、気分が。だからぼくも月明に励まされる気持ちになる。意識の転換がいい。打ちのめされると頭の中が真っ白になっちゃって、何をしてもだめになりがちだけれど、被害そのものを観察することによってエネルギーを蓄え、発揮している。俳句を作るにはエネルギーが要りますよね。車が走ることによってバッテリーを蓄積するのと同様に、俳句も、作ることでエネルギーを蓄えていくのかもしれない。

置き去りの電車線路にさみだるる　船橋まつ子（福島県南相馬市）

一切を失ひ仰ぐ山法師　箱石郁子（岩手県岩泉町）

森村　これらの句にも、空間軸の中に時間軸が凝縮されている。

黛　意識の転換ができているのですよね。その転換のためのスイッチのところに季語があると思います。「月明り」「薫風」「夕焼」などがまさにそうで、日本人と俳句との、切っても切れない関係というのは、自然が常に存在して、自然によってスイッチが切り替わっていくことが象徴していると思います。だから都会で内に籠もってしまう人は、月も花も、空も雲も見ないことにはスイッチが入らず、意識の転換ができていないのではないでしょうか。

森村　スイッチとは、まどかさんらしい素晴らしい表現です。どんなに小さな窓からでも、そこから自然が見えるとしたら、それはスイッチになり得るでしょう。

黛　人と自然との交歓が生まれますからね。

森村　とにかく句を作るためにはスイッチを入れなくてはいけない。スイッチを入れる作業とは、なかなか大変なことです。

ばらの鉢抱へ仮設に移らるる　佐藤信昭（宮城県岩沼市）

黛　避難所から仮設住宅に移って行った方を、客観的に見ておられる方の作品です。一鉢のばらを大切に抱えて、というところがいいですね。

森村　宝物なんですよ。ばらの鉢がこの人にとっては「人生の証明」なんです。

黛　丹精してきたばらの鉢と共に生き残って、家族のように我が子のように「抱へ」がいい。「提げて」、ではない。

森村　運命共同体的表現です。

黛　それを見ているこの作者のまなざしがまたいいんですよ。ご自身もボランティアとして関わってきて、人間関係も出来上がって、情も移って、だからこそ捉えることができた光景ではないでしょうか。

森村　ばらの鉢と、それを抱える被災者と、作者が寄せる敬意が二重に表現されていて、かなり技巧的です。敬意の順位もおもしろい。ばらの鉢が一番、次がそれを抱える人。

黛　ボランティアとして深く関わってきて、折々に被災者の美徳に触れ、自然に湧いた尊敬の念なのだと思います。

森村　たった五・七・五なのに、たいしたもんですねえ。

春寒や卒寿の避難つらかりし　荒二三子（福島県飯舘村）

黛　飛行機を乗り継いで、明石にお住まいのお孫さんのところまで避難されたということです。卒寿ですから九十歳、お辛かったことでしょう。

森村　若い人には「いつか帰れる」という希望もあるでしょうが、「春寒や」ですからね。しかし、全体にいえますが、胸が締め付けられるような名句が多いとはいえ、かなり、エネルギーを貰う。ここが凄い。絶望のどん底にいるような人たちが、これだけのものを詠んでいるという事実に圧倒されますよ。ぼやぼやしていられないなあ、と思いますね。気合を貰います。

✧被災者へ贈られた句から✧

黛　本書には収録していませんが、この一年間に配信したメルマガ「俳句でエール！」

では、被災者を応援する俳句も多数寄せられました。

残る鴨光る水輪を広げをり　桐山陶子

森村　水の輪が広がるようにみんなで頑張りましょうという作品ですね。「残る鴨」というのは、取り残された被災者で、被災者の心境を表していると思います。被災直後に比べ、マスコミが少なくなり、ボランティアも少なくなり、避難所から人が去って、だんだん取り残された意識が強くなります。そんなときに「光る水輪」と詠む力量は大変なものですね。被災という不幸を源にした句でありながら明るい。

黛　「残る鴨」によって、悲しみから光を見出そうとする点がいいですね。広がる水輪は誇りでもあるのでしょう。

かきわかばぼくらのいのちつないでく　しかのみずき（8歳）

森村　八歳で命なんてあまり考えないでしょう。でも、八歳でもこういう句を詠めてしまうんだなあと、感動しました。

生きるとは朝を待つこと花菫　和田始子

森村　おおいに感動しました。こういう句は自己中心的になりがちです。歌姫なら「生きるとは歌うこと……」、踊り子なら「生きるとは踊ること……」のように。「朝を待つこと」とは一日刻みの人生、切羽詰まった人の人生です。ぼくなど、明日の朝が来ることにまず疑いをもっていない。だから、ぼくにとって生きるとは、朝を待つことではない。なのにこの人は、こういうふうに詠める。そこに感心します。戦場の兵士のような感覚ですね。

黛　俳句は授かるもの、命に対する敬虔な思いがこういう一句をもたらしてくれるのですね。小さなすみれの花と作者が全く対等です。すみれも作者も明日を信じて、共に朝を待っている。日本人の自然観がよく出ています。

被災者の俳句には震災（自然の猛威）の凄まじさとともに、四季の移ろいに自らの命のありどころを確認し、自然から再び生きる力をもらっていることが窺《うかが》えます。そしてその生きる喜びをすぐに俳句に紡《つむ》ぐ。そして俳句を作ることが生きる支えになっている。日本人の逞しさ、尊さと同時に、俳句の底力を見ました。

森村　よくこれだけの作品が集まりました。黛さんの人徳と言うか、〃句徳〃と言えます。一人でも多くの人にこれらの俳句が届くことを心から願います。

満天の星凍りても生きてをり　森村誠一

満開の桜に明日を疑はず　黛まどか

す

諏訪ケサヨ　すわけさよ　42

た

髙江須枝子　たかえすえこ　97
高倉紀子　たかくらみちこ　17, 59
髙田朱莉　たかだじゅり　155
髙野裕子　たかのひろこ　26, 98
高野ムツオ　たかのむつお　34
高野美子　たかのよしこ　76
高橋愛子　たかはしあいこ　33, 81, 108
高橋惣之助　たかはしそうのすけ　12, 66
武田美和子　たけだみわこ　131, 148
田原洋子　たはらようこ　18

ち

千葉ぐんじ　ちばぐんじ　37
千葉真秀　ちばまさひで　154

て

寺島 勅　てらしまただし　14
天 茉莉　てんまり　140

に

西内正浩　にしうちまさひろ　11, 51, 101, 135

は

箱石 旦　はこいしあき　25, 137
箱石郁子　はこいしいくこ　90, 110, 134
箱石里佐　はこいしりさ　73, 136
長谷部るり子　はせべるりこ　32, 88
服部奈美　はっとりなみ　10
林 タケ子　はやしたけこ　68, 115
早野和子　はやのかずこ　52, 123, 141
坂内佳禰　ばんないかね　69

ひ

平間竹峰　ひらまちくほう　83

ふ

船橋まつ子　ふなはしまつこ　54, 80
古山シツエ　ふるやましつえ　41, 112

ほ

星空舞子　ほしぞらまいこ　143

ま

松本眞澄　まつもとますみ　43

み

宮木美英子　みやきみえこ　19, 65
宮本みさ子　みやもとみさこ　31

も

森美紀子　もりみきこ　117

や

八重樫榮子　やえがしえいこ　30, 118
山﨑カツ子　やまざきかつこ　15, 58, 111

よ

横田鬼一　よこたきいち　22, 104
吉田啓子　よしだけいこ　39
吉田茂子　よしだしげこ　119
吉田洋子　よしだようこ　35, 79, 106
吉野宏子　よしのひろこ　8

わ

渡部とし江　わたなべとしえ　82
和田山寅夫　わだやまとらお　23

作者名別索引

※本書に掲載した俳句のページ数について、
作者名の五十音順に示します。敬称略。

あ

赤川誓城　あかがわせいじょう　74
阿部圭子　あべけいこ　50
阿部竜成　あべりゅうせい　36
阿見孝雄　あみたかお　55
荒　和子　あらかずこ　38, 63, 102
荒　コフ　あらこう　20, 86
荒　二三子　あらふみこ　16, 84, 105

い

五十嵐安志　いがらしやすし　72

え

海老原由香　えびはらゆか　21, 77, 116

お

太田美智子　おおたみちこ　71
大甕知永子　おおみかちえこ　120
岡田明子　おかだあきこ　29
小野とめ代　おのとめよ　89
小野　豊　おのゆたか　139

か

川端道子　かわばたみちこ　100, 146

き

菊田島椿　きくたとうしゅん　132, 142
菊地湛子　きくちきよこ　122
北田京子　きただきょうこ　121
北田俊光　きただとしみつ　96

こ

小池美智子　こいけみちこ　28, 60, 113, 130
小出敏江　こいでとしえ　44, 138
郡　良子　こおりりょうこ　67, 114
牛来承子　ごらいしょうこ　61, 99
木幡幸子　こわたさちこ　78, 109
紺野英子　こんのえいこ　62
紺野とも子　こんのともこ　24

さ

斎藤和子　さいとうかずこ　40
齋藤溪水　さいとうけいすい　27
佐伯律子　さえきりつこ　75
酒井美代子　さかいみよこ　53
榊原康二　さかきばらこうじ　147
佐藤　勲　さとういさお　56, 124, 133
佐藤和子　さとうかずこ　107
佐藤邦子　さとうくにこ　9, 103
佐藤　猛　さとうたけし　85
佐藤信昭　さとうのぶあき　70
佐藤みね　さとうみね　87
佐藤芳子　さとうよしこ　64

し

志賀厚子　しがあつこ　13
志賀英記　しがひでき　57
首藤菜々　しゅとうなな　144
首藤みう　しゅとうみう　145

佐藤みね　さとうみね　87

宮城郡七ヶ浜町

小野 豊　おのゆたか　139

亘理郡山元町

齋藤溪水　さいとうけいすい　27

福島県

郡山市

五十嵐安志　いがらしやすし　72

相馬市

佐藤和子　さとうかずこ　107

福島市

紺野英子　こんのえいこ　62

天 茉莉　てんまり　140

南相馬市

荒 和子　あらかずこ　38, 63, 102

海老原由香　えびはらゆか　21, 77, 116

大甕知永子　おおみかちえこ　120

小出敏江　こいでとしえ　44, 138

郡 良子　こおりりょうこ　67, 114

牛来承子　ごらいしょうこ　61, 99

木幡幸子　こわたさちこ　78, 109

佐伯律子　さえきりつこ　75

佐藤邦子　さとうくにこ　9, 103

志賀厚子　しがあつこ　13

髙江須枝子　たかえすえこ　97

高倉紀子　たかくらみちこ　17, 59

高野裕子　たかのひろこ　26, 98

高野美子　たかのよしこ　76

高橋愛子　たかはしあいこ　33, 81, 108

高橋惣之助　たかはしそうのすけ　12, 66

田原洋子　たはらようこ　18

西内正浩　にしうちまさひろ　11, 51, 101, 135

長谷部るり子　はせべるりこ　32, 88

林 タケ子　はやしたけこ　68, 115

船橋まつ子　ふなはしまつこ　52, 78

宮木美英子　みやきみえこ　19, 65

宮本みさ子　みやもとみさこ　31

山﨑カツ子　やまざきかつこ　15, 58, 111

吉田洋子　よしだようこ　35, 79, 106

相馬郡飯舘村

荒 コフ　あらこう　20, 86

荒 二三子　あらふみこ　16, 84, 105

諏訪ケサヨ　すわけさよ　42

相馬郡新地町

小野とめ代　おのとめよ　89

佐藤芳子　さとうよしこ　64

寺島 勅　てらしまただし　14

和田山寅夫　わだやまとらお　23

双葉郡川内村

志賀英記　しがひでき　57

横田鬼一　よこたきいち　22, 104

双葉郡浪江町

吉野宏子　よしのひろこ　8

渡部とし江　わたなべとしえ　82

栃木県

那須塩原市

紺野とも子　こんのともこ　24

地域別索引

※作者の居住する地域を各県別に示します。
敬称略。

岩手県

宮古市

小池美智子　こいけみちこ　28, 60, 113, 130
髙田朱莉　たかだじゅり　155

盛岡市

榊原康二　さかきばらこうじ　147

九戸郡野田村

北田京子　きただきょうこ　121
北田俊光　きただとしみつ　96
佐藤 勲　さとういさお　56, 124, 133
古山シツエ　ふるやましつえ　41, 112

下閉伊郡岩泉町

箱石 旦　はこいしあき　25, 137
箱石郁子　はこいしいくこ　90, 110, 134
箱石里佐　はこいしりさ　73, 136
早野和子　はやのかずこ　52, 123, 141
八重樫榮子　やえがしえいこ　30, 118

下閉伊郡山田町

阿部竜成　あべりゅうせい　36

宮城県

石巻市

阿部圭子　あべけいこ　50
太田美智子　おおたみちこ　71
川端道子　かわばたみちこ　100, 146
首藤菜々　しゅとうなな　144
首藤みう　しゅとうみう　145
千葉真秀　ちばまさひで　154

岩沼市

佐藤信昭　さとうのぶあき　70

気仙沼市

菊田島椿　きくたとうしゅん　132, 142
星空舞子　ほしぞらまいこ　143
森美紀子　もりみきこ　117

塩竈市

菊地湛子　きくちきよこ　122
千葉ぐんじ　ちばぐんじ　37
服部奈美　はっとりなみ　10

仙台市

赤川誓城　あかがわせいじょう　74
阿見孝雄　あみたかお　55
斎藤和子　さいとうかずこ　40
佐藤 猛　さとうたけし　85
武田美和子　たけだみわこ　131, 148
坂内佳禰　ばんないかね　69
松本眞澄　まつもとますみ　43

多賀城市

岡田明子　おかだあきこ　29
酒井美代子　さかいみよこ　53
高野ムツオ　たかのむつお　34

柴田郡柴田町

平間竹峰　ひらまちくほう　83
吉田啓子　よしだけいこ　39

遠田郡美里町

あとがき

二〇一〇年四月から一年間、文化庁の派遣事業で、俳句を通して日本文化を発信する活動をヨーロッパ諸国でしていました。それは同時に、日本文化や日本人を外から見つめ直すことでもありました。活動も最後にさしかかった二〇一一年三月十一日、東日本大震災の報に接しました。宮城に住む友人とメールで連絡をとりながら、成す術もなくただただネット上のニュースで情報を得るしかありませんでした。凄まじい津波の映像……やがて、人々が僅かな物資を求めるため整然と列を作って並ぶ様子が映し出されました。周囲のフランス人は口々に、被災者の辛抱強さ、秩序正しさを讃えていました。フランスのみならず今回の震災で、日本人（東北人）の美徳が世界中から賞賛されましたが、その根本には日本人の自然観が深く係わっていると思います。地震という免れ難き天災を幾度も経験する中で、日本人は天変地異を受け入れ、畏敬の念を持って自然と共に生きる道を自ずと選んできたのでしょう。

宮城県のある牡蠣《かき》漁師の方が「それでも海を恨んではいない」とおっしゃっていたのが印象的でした。津波は家族も養殖場も持っていってしまった。それでも何百年何千年と恵みをもたらし続けてくれた海に感謝し、これからも共に生きていこうとされているのです。

日本人は古来自然を尊び、共に生きてきたと言われますが、自然に自らの運命を委《ゆだ》ねて生きてきたのです。委ねるとは信じることであり、共有することです。どんな状況下でも自然を尊ぶ心を忘れないということを、今回の震災を通して再確認しました。

そして、冒頭の被災者からの手紙にもあるように、多くの被災者の方が、震災のその日から俳句を紡《つむ》ぎはじめたのです。阪神淡路大震災の折も、多くの俳句が被災地で詠まれました。まだ食べる物も、衣服も、住む場所も整わない中で、人々は詩を紡いだのです。文化芸術は人としての誇りを支えます。だからこそあの混乱の中でも、世界中から賛美されるような秩序が保たれたのではないでしょうか。

被災地で日々生まれている俳句を収集しはじめたのは、震災から一カ月後のことでした。被災地を慰問した折に既に多くの方が俳句を作られていることを知ったからです。そしてメールマガジンで被災者の俳句と被災者への応援俳句を配信しました。これまでのメルマガ配信の経験から、俳句を通して報道では感受できない被災地の実態や被災者の心を伝えることができると思ったこと、また俳句は時に物資にも勝る支えになると被災地を訪れて実感したことからです。

身一つとなりて薫風ありしかな　佐藤　勲

この一句に出会った時の感動は忘れられません。岩手県野田村で被災された方の一句です。薫風とは、若葉青葉を吹き抜ける初夏の風。だからこの句は震災の二、三カ月後に詠まれたことになります。作者が茫然自失の日々を送っている間にも季節は確実に移ろい、自然は絶え間なく命の循環を行っていた。薫風に命のありどころを確認した作者です。悔しい、虚しいなどの生の思いを一切述べず、「薫風ありしかな」と自然を讃え言い切ることで、心は浄化され昇華を果たしています。また自然への信頼が少しも揺らいでいないことがわかります。この一句に日本人の美徳と、俳句の底力を見ました。

人生には天災に限らず、身一つとなるようなことが降りかかります。長年かけて計画してきたプロジェクトが水の泡になったり、家族や財産を突然失ったり……。震災以降、講演等があると必ずこの俳句を紹介していますが、男女を問わず多くの人がこの句に感銘を受けています。被災者の句が被災者でない人までも感動させ、生きる力を与えているのです。

日本最古の歌集『万葉集』には、天皇から貴族や官僚、防人《さきもり》を含む庶民たちが詠んだ四五一六首にも及ぶ歌が収められています。人々は今と同じように天災を怖れ、病や飢えに耐え、家族を思い、辛い労働の合間に、深呼吸をするかのごとくに歌を紡いだのです。日本には詩を詠むことで生き抜いてきた伝統があるのです。万葉集を編纂した大伴家持は「悽惆《せいちう》の意《こころ》は歌にあらずは撥《はら》ひ難し」悲しみ沈む思いは、歌に詠まなければ消えることはないと言いました。

その伝統を、古典の中ではなく、今日実際に目の当たりにしていることに、私は感動を覚えずにいられません。

俳句には、万葉以来の負を正に転ずる向日性があります。「言いおおせて何かある」（言い尽くせたからといって、果たして何があるんだ）。松尾芭蕉の言葉は、饒舌《じょうぜつ》な現代により重く響きます。

「言いおおさない」とは、何かに委ねることであり、〝委ねる〟とは、共有することであり、信じることとです。そして委ねた後には、自ずと安寧《あんねい》が訪れるのです。その〝委ねる〟という行為こそが、日本人の美徳の源にあるのではないでしょうか。

被災地で詠まれた俳句に触れ、また作者の皆さんからも実際にお話を伺っていると、一口に被災と言っても、千人いれば千人の被災状況があることを実感します。しかしそれぞれの立場で、野の花や星空に心を寄せ、深呼吸をするように俳句を紡がれています。これは共に生きている自然に対する挨拶であり、自らの命の確認でもあります。命の交歓をし、自然という大いなる存在に身を任せ、脱力してゆくことで、やがて一筋の光が差すのです。

そして俳句は、生きる力への、生きる喜びへの足掛かりとして、いつも身近に存在しています。

本書に収録されている俳句は、被災地で詠まれた句の一部に過ぎません。避難所や仮設住宅、転居などによって人々が離散していたため、被災地での俳句の収集は予想以上に困難を伴いました。避難先を調べ、一人一人当たって丁寧に俳句を探してくださった地元の皆さまやボランティアの皆さまのご尽力に、この場を借りまして厚くお礼申し上げます。

またこの試みをより広く発信するために、ご理解とご協力をいただきました公益財団法人東日本鉄道文化財団と、バジリコの長廻健太郎社長に感謝申し上げます。

どんな状況下でも、日本人が自然を尊び、詩を詠む気高い民であるということ、だからこそ混乱の中でも美徳が保てたのだということを、被災地で詠まれた俳句を通して、世界に伝えていきたいと願っています。また本書が被災者の皆さんにとって、新たな一歩を踏み出す機会になれば幸いです。

二〇一二年四月六日

黛まどか

✴

「俳句でエール!」事務局

飯田公司（夢現舎）
Iida Koji

坂口郁子（フリーランス）
Sakaguchi Ikuko

田淵梨沙（黛まどか事務所）
Tabuchi Risa

✴

編集協力

山口亜希子（時雨舎）
Yamaguchi Akiko

まんかいのさくらがみれてうれしいな
被災地からの一句

2012年4月28日　初版第1刷発行

編　者　　黛まどか
発行人　　長廻健太郎
発行所　　バジリコ株式会社
〒130-0022
東京都墨田区江東橋3丁目1番3号
電話　03-5625-4420
ファクス　03-5625-4427
印　刷　　ワコープラネット
製　本　　東京美術紙工

ISBN978-4-86238-187-3 C0092
http://www.basilico.co.jp

あなたへの一句

黛まどか

＊

辛いとき、悲しいとき、
心が挫けそうになったとき、
あなたを慰め、励まし、希望を与えてくれる。
そんな四季折々の一句を贈ります。
小さな言葉が大きな力になる、17音の応援歌。

四六判変型・並製・304頁
定価：1500円＋税
ISBN978-4-86238-080-7

basilico
バジリコ刊